에세이 써 볼까?

에세이 써 볼까?

펴 낸 날   2024년 3월 13일 초판 1쇄

지 은 이   김도현
펴 낸 이   박지민
책임편집   이경미·민영신·윤주서
책임미술   롬디
마 케 팅   박종천, 박지환

펴 낸 곳   모모북스
　　　　　서울특별시 동대문구 왕산로81, 203-1호(두산베어스 타워)
　　　　　전화 010-5297-8303   팩스 02-6013-8303
　　　　　등록번호 2019년 03월 21일 제2019-000010호
　　　　　e-mail pj1419@naver.com

ⓒ 김도현, 2024
ISBN 979-11-90408-51-6 03810

에세이 써 볼까?

글쓰기 코치 김도현 지음

모모
북스

글을 쓸 때, 저는 덜컥 겁부터 먹고 맙니다. 노트북 화면을 켜두고 깜빡이는 커서를 그냥 쳐다만 봅니다. 산만합니다. 커피를 한잔 타서 책상 위에 올려놓고 사과를 씻고 과도로 잘라 접시에 가지런히 놓아둡니다. 그러고도 의자에 앉았다, 일어섰다, 반복합니다. 소리가 필요합니다. 그게 어떤 소리든.

'말은 휘발성이다. 글자는 기록이다.' 이런 생각까지 더해지면, 글이 영 손에 잡히지 않습니다. 이러한 일련의 행동과 생각들이 제가 겁먹었다는 증거입니다. 그래서 '글'을 쓴다는 건, 저 자신을 한껏 낮은 자세로 임하게 합니다. '겸손'을 배우는 시간이기도 합니다.

막상 시작하고 나면 언제 그랬냐는 듯이 싹 가라앉습니다. 손가락은 노래하듯 리듬을 타며 머릿속을 부유하던 먼지와 같던 생각들이 백지에 음표 찍듯 노래 가사처럼 남습니다. 흐뭇해집니다. 어쩜 이런 즐거움 때문인지도 모르겠습니다. 글을 쓴다는 것이. 이 책도 이와 같은 양면성을 경험하는 과정을 거쳤습니다.

인천광역시 교육청 관리자 글쓰기 워크숍에서의 에세이 강연은, 저에게 참으로 큰 의미를 부여했습니다. 워크숍에 참여한 멘티님들께 매주 내주는 과제, 그 한편, 한편 소중하고 진솔한 글들을 보며, '그래, 글이란 게 우리 삶이 녹아있어야지' 잠시 잊고 지내던 저의 생각들이 이 빠진 동그라미처럼 아귀가 딱 맞아떨어졌으니까요. 이 책을 집필하게 된 동기부여를 받은 셈이지요.

1꼭지(A4 1500자~2500자 사이) 4주 완성. 그것이 목표였던 워크숍에서, 멘티님들은 네 꼭지를 완성해 주셨습니다. 글쓰기 초보던 분들이지만, 놀라운 결과를 보여주었습니다. 그들의 삶이 녹아있는 글을 보며, 저는 우리만 보기 아깝단 생각에 덜컥 출판을 제의했고, 그 결과 인천교육청 멘티님들은, 〈산다는 건, 이런 게 아니겠니!)라는 제목의 공동 저자로 출간까지 하는 쾌거를 이루었습니다. 우리 멘티님들이 '에세이 작가'로 첫발을 내디딘 것입니다.

강연 시, 시간 관계상 멘티님들께 더 가르쳐 드리지 못한 아쉬운 부분이 많았습니다. '다하지 못한 이야기는 이렇게 남기자'라는 생각이 더해지며, 강연내용과 미처 다루지 못해 아쉬웠던 부분을 담아 이렇게 책으로 정리하게 된 것입니다.

'천리 길도 한 걸음부터'라는 마음으로 조금씩 공부하며 참고하도록 구성하였습니다. 각 장 중간에 창작 노트도 마련해 두었습니다. 공부하며 비어있는 창작 노트를 채워 보기 바랍니다.

매일 10분씩. 이와 같은 과정을 끝내고 나면, 에세이(글) 책한 권에 도전하는 것이 그다지 어렵지 않다는 걸 알게 될 것입니다. 순차적으로 따라 하던, 필요한 부분을 먼저 보던, 그것은 자유입니다. 저마다 글쓰기 수준이 다를 테니까요. 자신의 글쓰기 수준에 맞는 방법을 선택해 얼마든 변주 가능하다는 의미입니다.

실현하고 싶은 소망이나 이상을 프랑스어로 로망roman이라고 합니다. 우리는 살아가며 하나쯤 가슴에 로망을 품고 삽니다. 워크숍을 통해, 저의 생각 이상으로 글쓰기에 대한 열망이 큰 분들이 많다는 것을 깨달았습니다. 글쓰기에 관심이 있는 당신이라면, '에세이 작가'에 대한 꿈이 있다면, 이 책이 당신 꿈나무에 작은 밑거름으로 남는다면, 마음을 다해 감사할 따름입니다.

에세이(글)를 처음 접하시는 분들, 혹은 조금쯤 써 본 분들께 초점을 두어 꼭 필요한 것을 담고자 노력했습니다. 누구나 쉽게 접근할 수 있게끔 설명해 보고자 했고, 부족한 부분이 있다면 추후 보강할 것을 약속드립니다.

이 책은 에세이(글) 쓰기의 정해진 답안지를 제시하는 것이 아닙니다. 당신이 나아갈 길에 시간을 벌어주는 길잡이로 이해하면 좋을 듯합니다.

목차

하루 1시간 매일의 습관이
어떤 변화를 가져오는지 지켜보라

'습관이란 인간으로 하여금 어떤 일이든지 하게 만든다.'

'인생의 후반부는 인생의 전반부 동안에 얻은 습관들로 이루어진다.'

-Fyodor Dostoyevsky(표도르 도스토옙스키)-

러시아의 대문호. '죄와 벌' '카라마조프가의 형제들'로 우리가 익히 알고 있는 철학가이며 소설가. 도스토옙스키가 남긴 말입니다.

'습관'이 우리 인생에 얼마나 중요한지. 도스토옙스키의 유명한 말을 빌리지 않아도 우리는 잘 압니다.

당신의 24시간 중, 아주 사소한 시간. 매일의 글쓰기 습관이 어떤 놀라운 경험을 선사할지, 그것을 지켜보길 바라는 마음으로 윗글을 남겨봅니다.

에세이(글)를 쓰기 위해서는, 연필과 메모장, 노트북과 친해지기. 관찰력, 공감력, 나만의 이야기를 우리의 이야기로 승화. 이 네 가지 습관만 있다면 얼마든 가능한 일일 것입니다. 충분합니다.

하나씩 살펴보겠습니다. 글을 쓰는 사람에게는 언제 어디서 어떤 방식으로 소재나 주제를 얻을지 모릅니다. 갑자기 떠오른 소재는 그 시간이 지나면 잊어버리기 일쑤입니다. 그러니 연필과 메모장은 꺼내기 좋은 곳에 항상 들고 다니는 습관이 필요합니다.

다음은 노트북입니다. 메모했던 걸 조금 더 발전시킨 이야기라면 빠르게 노트북에 옮겨 놓는 것도 아주 좋습니다.

사람이나 사물을 자세히 살펴보는 것이 '관찰력'인걸 모르는 이는 없을 것입니다. 하지만 작가는 일반인들이 관찰하는 그 이상의 것을 낚아챌 수 있어야 합니다.

'관찰력'에 대한 얘기를 하자니 얼마 전의 일이 떠오릅니다. 들어보시겠어요.

어느 날 시장 구경을 갔다가, 아저씨 한 분이 술에 취해 비틀거리다 아주머니 한 분과 부딪힐 뻔했습니다. 아슬하게 피한 덕에 아주머니는 위기를 모면했습니다만, '아직 초저녁인데 웬 술을?' 하며 찌푸린 표정으로 사라지는 아주머니를 보았습니다. 저는 그 순간에 아저씨의 얼굴을 재빠르게 살폈습니다. 무언가 일이 잘 안 풀렸는지 속상함이 가득한 얼굴에서는 금세라도 눈물이 터질 듯 목울대가 흔들리고 있었습니다. 가장의 무게…. 거친 손…. 초라한 옷차림…. 찰나의 시간이었지만, 아저씨의 삶을 그대로 보는 듯했습니다. '참…. 인간은 모두 불쌍한 존재다.' '몸을 빌려 태어났으니, 먹고사는 문제는 항상 따라다닐 테고…….' 시장을 한 바퀴 도는 내내 인간에 대한 연민이 머릿속을 떠나지 않았습니다.

여름에는 에어컨 빵빵. 겨울에는 온풍기로 추위를 녹여주는 대형마트나 백화점에서는 보기 어려운 풍경입니다. 전통시장에서 본 아저씨의 모습은 저만의 글감이 되겠지요. 이렇듯 사소하지만, 순간의 관찰에서 나만의 이야기를 얻습니다. 당신도 마찬가지입니다.

내 이야기가 나만의 이야기로 끝납니다. 그것은 혼자 읽고 말아야 할 글입니다. 내 이야기가 '우리(인간)'의 이야기로 거듭날 때, 독자는 '공감'을 합니다. 작가라면, 나만의 이야기를 통해 '무엇을 말할까'를 늘 고민해야 합니다. 독자가 에세이를 읽는 이유도 여기 있습니다. 에세이 작가는 자신만의 글, 즉 자기 성찰을 통해 '인간 이해'에 이르려는 글이기 때문입니다.

'공감 능력'이 필요한 이유도 여기에 있는 것입니다.

비용을 들일 필요가 없으니 이 얼마나 가성비 넘치는 습관입니까. 거기다 이런 매일의 습관으로 당신 이름이 새겨진 에세이 책까지 결과물을 얻었을 때의 기쁨과 뿌듯함까지. 당신만의 이야기로 당신의 이름이 새겨진 책이 당신에게 '제2의 인생길'까지 열어준다면, 이럴 때 쓰는 말이 생각납니다.

금상첨화錦上添化.

하루, 작은 시간의 집중과 습관이 어떤 결과를 가져오는지 지켜보는 일은 매우 흥미로운 일일 것입니다.

1장

에세이의 특징

에세이(essay 글)이란?

'에세이' 흔히들 사용하는 말이지만, 앞으로 당신은 에세이 작가가 될 것이기에, 좀 더 명확한 표현을 알아둘 필요가 있습니다. 여기에서는 에세이(글)의 문학에서의 갈래와 7가지 특징은 무엇인지부터 알아보는 시간입니다.

먼저 에세이가 갖는 문학적 갈래부터 살펴봅니다. 에세이는 문학과 비문학 중, 어디에 속할까요. 맞습니다. '문학'입니다. 그럼 문학이란 무엇일까요. 자주 쓰는 단어지만, 단어의 개념을 정확히 말하라고 하면, 누구나 멈칫하기 마련입니다.

문학이란, '사상이나 감정을 언어로 표현하는 예술, 또는 그런 작품. 시, 소설, 생활문, 일기, 희곡, 수필(=에세이), 기행문, 편지, 평론.' 등입니다. 핵심어로 표현하자면, '언어로 표현하는 예술' 정도로 이해하면 쉽습니다. 더불어 비문학은, 위의 것들을 제외한 나머지 것들을 의미한단 걸 알 수 있습니다.

다음은 특징 7가지를 살펴봅니다. 에세이(글)를 쓰는 작가라면, 그 특징을 알고 있어야 합니다. 학창 시절 배운 내용이겠지만, 머릿속에 한 번 더 정리해 두기 위함입니다. 그 특징은, 무형식 적이며, 개성적, 비전문적, 고백적, 신변잡기, 유머 위트, 비평입니다. 차례대로 살펴보겠습니다.

무형식

말 그대로 형식이 정해져 있지 않다는 뜻입니다.

시나리오에서는, 기승전결이 있어야 합니다. 이야기를 지루하게 끌고 가면 곤란하니까요. 그 안에는 플롯 포인트(이야기가 다른 방향으로 가는 지점)가 있어야 하고, 클라이맥스가 있어야 하고…. 이는 소설에서도 마찬가지입니다.

하지만 에세이(글)는 형식이 정해져 있지 않으니, 붓 가는 대로 쓴 글이라는 의미가 여기에 있는 것입니다.

오늘은 충청북도 단양군 영춘면에 있는 온달 산성에서 엽서를 띄웁니다. 이곳 온달 산성은 둘레가 683미터에 불과한 작은 산성입니다. 그러나 이 산성은 사면이 깎아지른 산봉우리를 테를 메우듯 두르고 있어서, 멀리서 바라보면 흡사 머리에 수건을 동여맨 투사와 같습니다.

(후략)

신영복, 「어리석은 자의 우직함이 세상을 조금씩 바꿉니다」中

위 에세이(글)에서와 같이 누군가에게 엽서를 띄우는 형식으로 써도 됩니다. 또한 공간적 배경을 놓고 소설처럼 쓸 수도 있습니다. 말 그대로 형식이 없기 때문이지요.

다양한 소재

소재를 찾는 일은 그리 어려운 일이 아닙니다. 다양(多樣)하다고 했기 때문입니다. 즉, 우리 주변에 널린 게 에세이(글) 소재라는 뜻입니다. 우리가 일상에서 경험하고 있는 모든 것이 곧 소재가 되기 때문입니다.

- 만난 지 100일이 된 남자친구 또는 여자친구

- 오늘 산 지갑

- 저녁으로 먹은 요리

- 계절 (봄 여름 가을 겨울)

- 여행

- 내 인생의 영화

- 와인

- 가족

- 좋아하는 노래

- 우정

- 추억

- 예술

- 사회적인 이슈

셀 수 없을 정도로 소재는 넘칩니다. 에세이(글)의 소재에는 한계가 없기에, 다양하다고 한 것입니다.

개성적

나의 가치관, 경험, 생각, 느낌, 어떤 사물, 또는 사람에 관한 태도, 등 지극히 개인적인 일의 특성이 '글에 드러나는 것'이기에 개성적입니다. 나의 취미나 인생관, 세계관, 체험, 감정, 성격 등이 글에 드러나니, 나만이 갖는 특성이자, 곧 개성적이란 것입니다.

지금은 고인이 되신, 장영희 교수의 '하필이면'이라는 부정적 단어를 역효과로 나타낼 수도 있습니다. 일상적 삶에서 체험한 일과 깨달음을 진솔하게 나타낸 에세이(글)이지요.

몇 년 전인가 십 대들이 즐겨 부르던 유행가 중에 <머피의 법칙>이란 노래가 있었다. 확실히 기억은 안 나지만 가사가 대충 이랬다. '화장실이 있으면 휴지가 없고, 휴지가 있으면 화장실이 없고, 한 달에 한 번 목욕탕에 가도 하필이면 그날이 정기휴일이고' 등 '무슨 일이든 어차피 잘못되게 마련이다.'라는 <머피의 법칙>을 코믹하게 묘사하고 있다. 이 노래에 나오는 '하필이면'이란 말은 분명히 '왜 나만?'이라는 의문을 전제로 한다. 그러니까 남의 인생은 별로 큰 노력 없이도 모든 일이 잘되어 나갈뿐더러 가끔은 호박이 넝쿨째 굴러오는 것 같은데, 왜 하필이면 내 인생만은 아무리 기를 쓰고 노력해도 걸핏하면 일이 꼬이고, 그래서 공짜 호박은커녕 내 몫도 제대로 못 챙겨 먹기 일쑤냐는 것이다.

(중략)

'하필이면'의 이중적 의미를 생각하니 내가 지고 가는 인생의 짐이 남의 짐보다 무겁다고 아우성쳤던 좁은 소견이 새삼 부끄럽다.

짧게만 언급하자면, 장영희 교수의 삶은 그리 평범하지 않았습니다. 한국전쟁 직후 태어나 고열을 앓은 뒤, 소아마비와 오른손을 움직일 수 없었으니까요. 이 글에는 장영희 교수의 가치관, 경험, 개인적인 특성, 감정과 성격이 모두 드러나 있습니다.

비전문적, 고백적

전문가가 아닌, 누구나 쓸 수 있는 특징도 있습니다. 시나리오나 소설의 창작을 위해서는 취재가 필수입니다. 왜냐. 작가가 쓰려는 소재에 대해 관련 지식이 필요하니까요. 또 시나리오라면 어떻게 쓰는지 요령도 알아야 합니다. 소설도 마찬가지입니다. 하지만 에세이(글)는 전문가가 아닌, 그 누구라도 쓸 수 있답니다.

고백적이란 것은, 당신이 직접 겪은 일과 생각, 느낌을 있는 그대로 솔직하게 풀어낸 것입니다. 그래서 글을 쓴 사람만의 숨결이 느껴지는 것입니다. 초등학교 시절의 '생활문' 으로 이해하면 쉽습니다. '고백적'인 장영희 교수의 글을 하나 더 소개합니다.

초등학교 때 우리 집은 제기동에 있는 작은 한옥이었다. 골목 안에는 고만고만한 한옥 여섯 채가 서로 마주 보고 있었다. 그때만 해도 한 집에 아이가 보통 네댓은 됐으므로, 골목길 안에만도 초등학교 다니는 아이가 줄잡아 열 명이 넘었다. 학교가 파할 때쯤 되면 골목은 시끌벅적, 아이들의 놀이터가 되었다.

어머니는 내가 집에서 책만 읽는 것을 싫어하셨다. 그래서 방과 후 골목길에 아이들이 모일 때쯤이면 대문 앞 계단에 작은 방석을 깔고 나를 거기에 앉히셨다. 아이들이 노는걸 구경이라도 하라는 뜻이었다.

딱히 놀이 기구가 없던 그때, 친구들은 대부분 술래잡기, 사방치기, 공기놀이, 고무줄놀이 등을 하고 놀았지만, 나는 공기놀이 외에는 그 어떤 놀이에도 참여할 수 없었다. 하지만 골목 안 친구들은 나를 위해 꼭 무언가 역할을 만들어주었다. 고무줄놀이나 달리기를 하면 내게 심판을 시키거나 신발주머니와 책가방을 맡겼다. 그뿐인가. 술래잡기를 할때는 한 곳에 앉아 있어야 하는 내가 답답해할까 봐 어디에 숨을지 미리 말해주고 숨는 친구도 있었다.

우리 집은 골목에서 중앙이 아니라 모퉁이 쪽이었는데 내가 앉아 있는 계단 앞이 늘 친구들의 놀이 무대였다. 놀이에 참여하지 못해도 난 전혀 소외감이나 박탈감을 느끼지 않았다. 아니, 지금 생각하면 내가 소외감을 느낄까 봐 친구들이 배려해 준 것이었다.

그 골목길에서의 일 일이다. 초등학교 1학년 때였던 것 같다. 하루는 우리반이 좀 일찍 끝나서 나 혼자 집 앞에 앉아 있었다. 그런데 그때 마침 골목을 지나던 깨엿 장수가 있었다. 그 아저씨는 가위를 쩔렁이며, 목발을 옆에 두고 대문 앞에 앉아 있는 나를 흘낏 보고는 그냥 지나쳐 갔다. 그러더니 리어카를 두고 다시 돌아와 내게 깨엿 두 개를 내밀었다. 순간 아저씨와 내 눈이 마주쳤다. 아저씨는 아무 말도 하지않고 아주 잠깐 미소를 지어 보이며 말했다.

"괜찮아."

(중략)

무엇이 괜찮다는 것인지는 몰랐다. 돈 없이 깨엿을 공짜로 받아도 괜찮다는 것인지, 아니면 목발을 짚고 살아도 괜찮다는 것인지……. 하지만 그건 중요하지 않다. 중요한 것은 내가 그날 마음을 정했다는 것이다. 이 세상은 그런대로 살 만한 곳이라고, 좋은 친구들이 있고, 선의와 사랑이 있고, '괜찮아'라는 말처럼 용서와 너그러움이 있는 곳이라고 믿기 시작했다는 것이다.

신변잡기

'잡글'입니다. 당신은 살아가며 많은 일을 겪습니다. 이 모두가 소재가 된다는 사실도 앞서 언급했습니다. 신변잡기란, 당신 주변에서 일어난 일이 당신과 직접 연관된 일을 적은 글입니다. 사소한 듯 보이지만, 당신과 독자가 나누고 싶은 의미나 가치가 있겠죠. 당신이 겪은 잡다한 이야기를 쓰는 것이니, 에세이(글)이란 대부분 신변잡기라는 특성을 품고 있습니다.

또, 어느 저녁 잠실 종합운동장 앞을 지나가다, 한 해 전 그 부근에 살면서 자주 들러 먹었던 김밥과 소주 생각이 나서 자리를 찾아 앉았다. 그런데 음식을 받아 놓고 보니 집에 갈 차비밖에 여윳돈이 없었다.

그래 그냥 음식을 되돌려 주고 자리를 일어서려는데, 머릿수건의 함지박 아주머니가 "그냥 드시고 갔다가 나중에 지나는 길 있으면 갚아줘도 좋고, 오실 일 없으면 말아도 좋다."며 나를 주저앉혔다. 나는 이번에도 염치

없이 신세를 질 수밖에 없었다. 그러나 한 달쯤 뒤 그곳을 다시 찾았을 때는 이미 초겨울 녘이 되어 아주머니의 가판대가 사라지고 없었다.

하지만 다행스럽게도 이번에는 그 고마운 외상 빚을 갚을 길이 아주 사라지고 만것은 아니다. 봄 시즌이 시작되면 아마 아주머니는 다시 나타날 것이다. 요즈음도 이따금 그 썰렁한 운동장 앞길을 지나며, 새봄을 기다려 보는 이유이기도 하다.

이청준, 「일생 갚아야 하는 빚」 中

이렇듯 아주 사소하지만 글 안에 작가가 독자와 나누고 싶은 의미와 가치가 내포된 것입니다.

유머 위트·비평

남을 웃기는 말이나 행동, 해학적인 것을 '유머'라고 한다면, 말이나 글을 재치로 능란하게 구사하는 능력(국어사전)을 '위트'라고 합니다. 당신이 겪는 평범한 일도, 글쓰기에서 어떤 부분을 강조하느냐에 따라 독자가 읽으며 살며시 미소 짓게 할 수 있는 것이 유머입니다.

일상적인 사건에 당신의 재치 있는 태도와 우스운 말이나 행동이 읽는 이에게 재미를 넘어 삶의 작은 지혜까지 준다면 위트가 담긴 에세이(글)가 됩니다. 다른 하나는, 당신만의 독특한 시선으로 어떤 대상을 관찰하고, 분석해서 쓴 글. 이것을 비평이라고 합니다.

구두 수선을 주었더니 뒤축에다가 어지간히 큰 징을 한 개 박아놓았다. 보기가 흉해서 빼어 버리라고 하였더니, 그런 징이래야 한동안 신게되구. 무엇이 어쩌구 하며 수다를 피는 소리가 듣기 싫어 그래도 신기는 신었으나, 점잖지 못하게 저벅저벅 그 징이 땅바닥에 부딪치는 금속성 소리가 심히 귓맛에 역했다. 더욱이 시멘트 포도의 딴딴한 바닥에 부딪쳐 낼 때의 그 음향이란 정말 질색이었다. 또그닥또그닥, 이건 흡사 사람이 아닌 말발굽 소리다.

어느 날 초어스름이었다. 좀 바쁜 일이 있어 창경원(일제가 창경궁의 격을 낮추기 위해 붙인 이름) 곁담을 끼고 걸어 내려오노라니까, 앞에서 걸어가던 이십 내외의 어떤 한 젊은 여자가 이 이상이 또그닥거리는 구두 소리에 안심이 되지 않는 모양으로, 슬쩍 고개를 돌려 또그닥 소리의 주인공을 물색하고 나더니, 별안간 걸음이 빨라진다.

그러는 걸 나는 그저 그러는가 보다 하고, 내가 걸어야 할 길만 그대로 걷고 있었더니, 얼마쯤 가다가 이 여자는 또 뒤를 한 번 힐끗 돌아다본다. 그리고 자기와 나와의 거리가 불과 지척 사이임을 알고는 빨라지는 걸음이 보통이 아니었다. 뛰다 싶은 걸음으로 치맛귀가 옹이하게 내닫는다. 나의 이 또그닥거리는 구두 소리는 분명 자기를 위협하느라고 일부러 그렇게 따악딱 땅바닥을 박아 내며 걷는 줄로만 아는 모양이다.

(중략)

여자는 왜 그리 남자를 믿지 못하는 것일까. 여자를 대하자면, 남자는 구두 소리에 까지도 세심한 주의를 가져야 점잖다는 대우를 받게 되는 것이라면, 이건 이성(異姓)에 대한 모욕이 아닐까 생각을 하며, 나는 그 다음으로 그 구두 징을 뽑아 버렸거니와 살아가노라면 별(別)한 데다가 다 신경을 써 가며 살아야 되는 것이 사람임을 알았다.

계용묵, 「구두」中

엉뚱한 오해 때문에 생긴 일로, 인간관계가 왜곡되는 현대 사회의 단면을 꼬집고 있습니다. 희곡적이면서도 작고 사소한 사건을 관찰해 예리하고 독특한 비평을 한 작품입니다.

에세이는 무형식적이고, 개성적이며 자신이 겪은 일을 솔직하게 쓴 글이자, 화자가 1인칭인 고백적 문학입니다. 그런 이유로 작가의 글 안에는 나만의 '인생관과 가치관'이 담겨있는 것입니다.

오늘의 일과 중에 소재가 될만한 단어 5개~10개를 적어보기

1.

2.

3.

4.

5.

6.

7.

8.

9.

10.

2장

에세이essay &
미셀러니miscellany

수필의 종류

여기에서는 에세이(글)라는 표현보다, '수필'이라는 단어로 불러봅니다. 먼저 내용적인 면에서 분류해 보면, 경수필과 중수필로 나뉩니다. 차례대로 살펴봅니다.

경(輕)수필은 가벼운 수필, 즉 나만의 체험이나 그 무엇을 보고 느끼는 것을 자유롭게 표현한 신변잡기 적인 수필을 의미합니다. 때문에, 문장의 흐름이 가볍습니다. 나만의 감성과 정서를 바탕으로 신변에서 일어나는 모든 일을 다룹니다. 자기 고백적이고, 주관성이 강해 개성적이라고도 합니다. 흔히들 '에세이'라 표현하지만, 이보다 정확한 표현의 경수필은 '미셀러니

(miscellany)'를 뜻합니다.

중(重)수필은 문장의 흐름으로 본다면, 무겁습니다. 논리적이고 객관성이 강합니다. 보편적인 논리와 이성을 바탕으로 지적이며 사회적이고, 그 어떤 면에서는 철학적인 문제까지 다루기도 한답니다. 이 같은 점을 염두에 두고 아래 중수필 예시글 살펴봅니다.

불가능한 약속 "내일 아침 6시 25분에 깨워 줄게."

우리에게는 전혀 이상하지 않은 약속이다. 그러나 불과 50여 년 전만 해도 이는 '대략 난감한' 약속이었다. 몇 시는 몰라도 몇 분까지 정확히 가려내는 시계가 드물었기 때문이다. 태엽으로 가는 시계는 열이면 열, 조금씩 다르게 재깍거렸다.

나아가 100여 년 전에는 "내일 아침 6시 25분에 깨워 줄게."라는 말은 결코 지키지 못할 약속이었다. 누구도 정확하게 언제가 6시 25분인지 알 수 없었던 탓이다. 시간은 마을마다 동네마다 제각각이었다. 따라서 다른 도시 사람들과 시간 약속을 잡기는 매우 어려웠다.

사람들이 통일된 시간에 맞추어 생활하게 된 것은 아주 최근의 일이다. 시간은 철도가 나온 뒤에야 하나가 되었다. 그렇다면 그전 사람들은 어떻게 시간을 맞추었을까? 철도는 어떻게 온 세상의 시간을 하나로 만들었을까?

(중략)

기차보다 한술 더 뜨는 컴퓨터 시간

시간이 하나가 되자 시계는 사람들을 지배하기 시작했다. 우리는 배가 고파서 밥을 먹기보다 식사 시간이기에 밥을 먹는다. 직장인들은 일하고 싶기 때문이 아니라 근무 시간이 되었기에 일한다. 쉬고 싶어서 쉬기보다는, 휴식 시간이기에 책상에서 일어선다.

인터넷은 철도보다 훨씬 더 강하게 시간을 옥죄고 있다. 이제는 전 세계를 하나로 다잡는 '컴퓨터 표준 시간'까지 등장하는 모양새다.

(중략)

세상은 점점 빠르게 돌아간다. 경쟁은 시간에서 분으로, 이제 초를 다투는 지경으로 숨 가빠졌다. 이제 자기만의 '리듬'으로 세상을 살기란 굉장히 어려운 일이 되었다. 주어진 시간에 맞추어 최대의 결과를 얻어야 하니까 말이다.

그럼에도 '내 마음껏 하고 싶은 대로 하며 살려면' 더욱더 열심히 치열하게 살라 한다. 크게 출세하고 돈 많이 벌면 그

렇게 살 수 있을까? 그런 세상이 과연 올까? 째깍거리는 시계 소리에 가슴
이 답답해 오는 이유다.

안광복「시간은 어떻게 인간을 지배했을까?」中

화자가 진술하는 방식을 살펴보면, 서정적 수필, 서사적 수
필, 희곡적 수필, 교훈적 수필, 등으로 나뉩니다. 또 형식에 따
라서는, 서술체 수필, 일기 수필, 기행 수필, 서간체 수필 등입
니다. 서정적 수필은, 일상생활이나 화자의 취미 또는 자연 등
에서의 느낌을 솔직하게 표현한 글이 될 것입니다. 서사적 수필
은, 소설처럼 사건이나 행동으로, 희곡적 수필은, 작품의 중요
한 내용이 사건의 극적 전개가 되는 것을 말합니다. 교훈적 수
필은, 인생에 대한 깨달음과 교훈을 주제로 삼아 쓴 것입니다.

형식적인 면에서 살펴본다면, 서술체 수필은 특별한 형식 없
이 일반적인 문장을 취해 서술한 것입니다. 서간체 수필은 편지
형식을 이용해 쓴 것이 되겠지요. 일기 형식을 이용해 쓴 것을
일기체 수필, 기행문 형식으로 쓴 것이 기행체 수필이 되는 것
입니다.

그럼 '수기'는 무엇에 해당하나요? 가끔 이런 질문을 받곤 합니다. 이는 수필에 해당하며, 경수필이라고 할 수 있습니다. 우리가 살아가며 어려움을 겪고 이를 극복한 것. 나만의 체험을 남들에게 알리기 위해 쓴 것이기에 그렇습니다.

수필의 종류를 간단히 표로 정리해 보면 아래와 같습니다.

분류	내용적	화자의 진술 방식/형식적
경수필 (miscellany)	나만의 체험 신변잡기 문장의 흐름이 가벼움	서정적 수필, 서사적 수필, 희곡적 수필, 교훈적 수필, 형식에 따라서는, 서술체 수필, 일기 수필, 기행 수 필, 서간체 수필
중수필(essay)	보편적 논리와 이성, 객관성 지적이며 사회적 문장의 흐름이 무거움	

이렇게 정리한 것은 협의적狹義的으로 표현한 것입니다. 에세이를 넓은 의미로 보면 실용 글쓰기의 대부분은 포괄한다고 볼 수 있습니다. 문학비평용어사전과 두산백과사전에서도 아래와 같은 설명이 있습니다.

「개인의 상념을 자유롭게 표현하거나 한두 가지 주제를 공식적 혹은 비

공식적으로 논하는 비허구적인 산문양식, 에세이는 통상 일기, 편지, 감
상문, 기행문, 소평론 등 광범위한 산문양식을 포괄하며, 모든 문학 형
식 가운데 가장 유연하고 융통성 있는 것 가운데 하나이다」(문학비평
용어사전)

「수필은 일반적으로 사전에 어떤 계획 없이 어떠한 형식에 구애받지
않고 자기의 느낌, 기분, 정서 등을 표현하는 산문 양식의 한 장르이다.
그것은 무형식의 형식을 가진 비교적 짧고 개인적이며 서정적인 특성
을 가진 산문이라 할 수 있다. 보통 일기, 서간, 감상문, 수상문, 기행문
등도 모두 수필에 속하며 소평론도 여기에 포함시킬 수 있다」(두산백
과사전)

이런 관점으로 정리해 보면, 제안서 보고서 논문 등을 제외
한 대부분 글이 에세이(글)란 범주에 넣어도 무방할 것입니다.

3장

소재

나만이 쓸 수 있는 소재 낚아채기

"만일 나를 잘 아는 다른 사람이 있다면 내 자신에 대하여 그토록 많이
쓰지는 않을 것이다."

(Henry D, Thoreau :1817~1862)

미국의 수필가이며 〈월든〉의 저자인 '소로'의 말처럼, 자신
이 가장 잘 아는 소재를 찾는 게 좋다는 의미입니다. 소재는 자
신의 생각을 끌어내기 위한 것이기에 그렇습니다.

저는 '소재'를 생각할 때, '낚아챈다.'라는 말을 자주 씁니다.

일상에서 무심코 지나치기 쉬운 그 모든 것에서 '어느 순간'이 포착되면 놓치지 않기 위해 부지런히 메모하기 때문입니다. 소소한 일상에서 '아, 이건 글감이 되겠네.'라는 생각이 머리를 스치는 순간. 그것을 낚아채 메모만 해두면, 한편의 글이 나옵니다.

그 순간들을 메모하고 글쓰기를 하는 시간은, '나의 발견'이자, '자아 성찰'입니다. 두 단어는 미묘한 뉘앙스의 차이가 있지만, 어찌 보면 둘 다 같은 의미라 생각됩니다. 자신을 들여다보고, 무언가를 반성 내지는 깨달음을 갖는 시간이기에 그렇습니다.

그런 의미로 잠시 '나를 들여다볼 시간'을 가져 봅니다. 누구나 '좋아하는 일로 생업을 잇는 것'이 행복할 것입니다. 하지만 사람들 대부분은 '좋아하는 일'보다는 본인이 '잘하는 일'로 생업 전선에서 열심히 일하고 있습니다. 잘하는 일로 돈을 벌고 있지만, 행복하지 않다는 생각은 누구나 한 번쯤 해봤을 것입니다. 당신이 잘하는 일에서 소재를 찾아 글을 쓴다면, 좋아하는 일로 연결되는 것이니, 일상에서 행복을 찾는 일은 그다지 어려운 일이 아닐 것입니다.

잘하는 일 + 좋아하는 일 = 여기에 모두 소재가 있습니다. 또 어떤 물건을 보고 소재의 영감을 떠올릴 수도 있습니다. 가령 집안의 대청소를 위해 물건을 정리하던 중, 이제 다 커버린 아이의 유치원 가방을 발견했다 쳐봅니다. 유치원 또는 어린이집을 다녔던 그 시간의 추억이 고스란히 담겨 있을 것입니다.

노란색 유치원 버스에 아이가 타고 당신에게 손을 흔들던 모습. 아이가 아프다며 유치원에서 연락이 왔던 일. 체험학습을 가던 날. 아이가 친구와 다퉜던 날. 등등의 2년 혹은 3년의 아이 유치원 생활이 '유치원 가방'이란 물건에 고스란히 녹아있기 때문입니다. '유치원 가방'은 물건일 뿐이지만, 이렇게 소재로 낚아채고 나면, 더는 물건이 아닌, 나와 아이의 '그 시간'이 담긴 이야기가 될 것입니다.

전혀 상관없어 보이는 물건이나 그 밖의 것. 그것과 나의 이야기가 결합하는 것을, '객관적상관물' 이라고도 합니다.

잠시 빗나간 얘기에서 이 장의 목표인 '소재 낚아채기'로 돌아와 봅니다. 당신이 직장인이라면, 하루를 보내며 아래와 같은 방법으로도 소재를 낚아챌 수 있을 것입니다. 아침에 출근하는 과정, 지하철 또는 버스에서 타고 내리는 사람들의 표정을 지켜

볼 수도 있습니다. 그 과정에 일터로 향하는 사람들의 잔상을 글로 옮길 수도 있습니다. 회사에서는 상사와 또는 부하 직원과 감정싸움을 했다면, 그 또한 글의 소재가 됩니다. 점심시간 후, 마시는 커피 한잔. 그 커피를 보고도 소재가 생각난다면, 얼른 주머니를 뒤져 메모장을 꺼내 적어둡니다. 앞서 말했듯이 '재빠르게 낚아챕니다'

당신이 집안의 가장이라면, 눈발이 날리는 겨울 퇴근길, 김이 모락모락 피어오르는 군고구마 수레를 본다 쳐봅시다. 꼬깃꼬깃한 지폐를 주머니에서 꺼내 군고구마를 사서 집으로 돌아옵니다. 자는 아이들을 깨워 하나라도 먹이고 싶은 마음에 아이들에게 군고구마를 까서 먹게 합니다. 그 짧은 시간을 낚아채서, '군고구마'라는 소재로 가족의 정을 나누던 따스한 밤의 기억을 이야기로 풀어낼 수도 있습니다.

만약 20대 대학생이라면, 학교에서 일어나는 소소한 것. 친구와 단짝으로 해외여행을 다녀온 것. 용돈을 벌기 위해 아르바이트를 하며 때로는 좋은 손님, 때로는 이상한 고객 등을 이야기로 풀 수도 있는 것입니다.

아래는 에세이(글) 쓰기 워크숍에서 자주 이야기하는 것입니다. 어떤 사물을 보고 연상하는 것이 그것입니다.

여행 가방	1. 가족여행 2. 신혼여행 3. 혼자 떠나는 여행 4. 사진 5. 추억

'여행 가방(캐리어 백)' 하나를 보고도, 위에 적은 다섯 가지 이상의 다양한 소재가 떠오를 것입니다.

잘하는 일로 생업을 잇는다면, 좋아하는 일로 행복을 누려야 할 때. 그것이 당신의 글쓰기라면 당신만이 쓸 수 있는 소재가 '최고의 글감'일 것입니다.

흔히들 글감을 소재나 제재라 말합니다. 소재는 '글의 재료'입니다. 이런 재료에서 주제와 좀 더 밀접하게 관계를 맺는 것을 '제재'라고 합니다. 소재와 제재는 이런 의미에서 미묘한 차이가 있다는 것도 알아둘 필요가 있기에 언급해 둡니다.

'에세이를 써볼까?'라는 생각을 할 때, 소재를 찾기가 어렵다는 말을 종종 듣곤 합니다. 앞서 언급했듯이, 그냥 자신이 겪은 이야기를, 혹은 자신 주변에 일어나는 일들을 유심히 관찰하고, 거기서 나올 법한 이야기를 나만의 방식으로 쓰면 되는 것입니다. 솔직하고 담담히. 있는 그대로 말입니다.

소재를 만날 때, 나만의 글이 시작됩니다. 작지만 구체적인 소재가 내가 하고픈 이야기로 발전될 때, 즉 이 글을 통해 내가 하려는 이야기(주제)와 연결될 때, 당신은 소재를 낚아챈 것입니다.

이렇듯 일상에서의 사소한 사건과 기억들, 어떤 순간들이 모두 당신만의 소재가 되는 것입니다. 당신이 풀어야 할, 풀고 싶은, 이야깃거리들은 넘쳐납니다. 더는 소재가 없어 글을 못 쓰겠다는 핑계는 대지 못할 것입니다.

창작 노트

소재가 될만한 단어들을 적어두었다면,
내가 선택한 소재로 어떤 이야기를 쓰고 싶은지,
한 줄의 문장으로 완성해 보기.

4장

소재 영역 넓히기

나만의 이야기를 다 쓰고 나면?

"나의 이야기를 다 쓰고 나면 무엇을 써야 하죠?" 믿기 어렵겠지만 자주 받는 질문입니다. 에세이(글)를 처음 접하는 분들의 질문이기도 합니다. 앞서 밝혔듯이 나만의 '체험'적인 이야기를 모두 쓰고 난 후의 얘기일 것입니다. 내가 체험한 것을 쓰는 데는 어느 정도 한계가 있다는 말과도 같습니다. 체험한 일을 쓰는 것은, 살아오면서 가장 행복하거나 슬펐던 기억 또는 충격을 받았던 일, 등등일 것입니다. 이런 서사는 지나온 삶이 현재의 나에게 끼친 영향과 의미가 무엇인지에 초점을 두는 것일 겁니다.

이런 '체험'적인 것을 모두 쓰고 난 후, 글의 영역을 넓히는 방법은 매우 다양합니다. 나의 취미를 가만히 들여다봅니다. 취미라는 단어 안에는 오락적인 것이 있을 것이고, 매일 하는 운동도 포함될 것입니다. 즉, 음악, 그림, 서예, 요리, 사진 찍기, 산책, 내가 좋아하는 그 무엇 등등일 것입니다. 이런 경우에는 일과 취미생활의 서로 관계되는 것을 밝혀 보는 것도 좋습니다.

여행한 것에 대해 쓸 수도 있습니다. 가족여행, 해외여행, 친구와 단둘이 간 여행. 등등의 여행 에세이(글)를 말입니다. 이 여행이 내게 준 의미를 곰곰이 되짚어보고 거기에 의미를 부여하면 주제까지 나오니 이 얼마나 좋은 소재입니까. 또 해외여행이라면, 나라 간의 문화차이로 겪은 재미있는 에피소드가 얼마나 많을까요.

자연을 관찰하고 얻은 것도 소재를 넓혀가는 한 방법일 것입니다. 나와 자연의 생태 관계를 파악하고 거기에서 이야기할 것을 찾는 것입니다. 예를 들면, 한옥, 풀, 산, 강, 바다, 기후, 날씨, 곤충, 꽃, 나무, 바위, 강 주변의 작은 돌 등등입니다.

민속촌이나 박물관에 간다면, 전통문화와 조상들의 생활상을 들여다보고, 우리 선조들의 생활상과 지혜. 그것을 오늘날 우리의 지혜와 연결점을 찾아 쓰는 방법도 있습니다.

반려견을 키우거나 육아를 하며 또는 화초를 키우면서도 그 안에서 소재를 낚아챌 수 있습니다. 여기에서는 생명의 존귀함을 말할 수 있겠지요.

또, 우리는 언제 어디서든 휴대전화기를 들고 다닙니다. 휴대전화기로 다양한 것들을 할 수 있습니다. 사진을 찍을 수도 있고, 그림판에 들어가 내 머릿속에서 머문 잠깐의 생각을 삽화로 그릴 수도 있고, 문서나 메모장에 들어가, 순간, 순간에 생각난 짧은 단어를 적어 둘 수도 있습니다.

멋진 추억을 담은 사진을 한 장 찍었다고 생각해 봅니다. 잠깐의 휴식을 위해 근처 산에 가서 개울가에 발을 담그는 사진. 혹은 근처에 어여쁘게 피어난 꽃. 높푸른 하늘. 미술관에 갔다면 그곳에서 만난 사진도 좋고, 산책하다가 우연히 발견한 작은 곤충도 좋습니다.

추억이 담긴 사진 하나만으로도 당신은 여러 가지 생각이 들

것입니다. 친구와 갔거나, 사랑하는 연인, 혹은 자녀들과의 동행이거나. 혼자여도 좋습니다.

이처럼 쓸거리는 넘칩니다. 다만 이렇게 낚아챈 많은 소재로 나만이 낼 수 있는 목소리, 즉 '주제'가 있어야 할 것입니다. 주제에 관해서는 보다 구체적인 설명이 필요하므로 뒤에 자세히 다뤄보겠습니다.

크게 10가지로 나눈 소재를 표로 정리해 둡니다.

* 에세이 소재 분류

*소재	*주제	독자에게 무엇을 줄것인가(여운과 감동/재미/정보 등)	*자세한 분류
1. 지인 및 주위 사람			가족/인척/친구/이웃/동창/고향 지인/초면인 사람
2. 취미			애완동물/화초/물고기 키우기/도자기/드럼/노래/명상 등등.
3. 여행 (기행)			가족/산책/나들이/해외여행 등등.
4. 자연 & 사물 관찰			집/풀/산/강/바다/기후/날씨/곤충/식물/바위/시냇물/

5. 풍토 & 풍물			민속품/가구/공예/토속품/ 전통문화와 선조의 생활 상 기억하면 좋음
6. 오락 & 스포츠			음악/미술/서예/요리/수 석/기호품 (노동과 여가의 상관성을 밝혀봄) 축구/야구/농구/배구/볼 링/탁구/수영
7. 우리 집안의 대소사			생일/모임/파티/출산/관혼 상제 등(인간의 도리와 풍 습을 기리는 의미)
8. 체험			살아오면서 가장 즐겁고, 슬프거나 충격적인 일 (과거의 삶이 현재 내게 미친 영향을 생각해 봄)
9. 사회적인 문제			전쟁/기아/경제/범죄/노인 문제/학력차별/직장 갑질 논란 등. (인간의 사회적 역할과 본 분을 생각해봄)
10. 문화			독서/금전/우정/사랑/시 간/나이/종교 등.

'세상을 살다 보면 나와 맞는 사람도 있고, 그렇지 않은 사람도 있다. 나와 잘 맞지 않다고 해서 그런 사람을 미워할 필요는 없다. 우리 모두 함께 가는 길인 것을….'

오래전. 에세이(글)를 읽고 오래도록 저의 기억에 남아있는 글귀입니다. 작가님이 누군지 지금 기억은 없지만, 그 소재의 내용만은 선명히 저의 뇌리에 남아있습니다.

좋은 에세이(글)란, 누군가 인생을 살아가는 가치관에 영향을 주며, 오래도록 기억되는 것입니다. 읽기 쉽고, 이해하기 쉬운 글이라면 그 가치는 충분할 것입니다.

소재란 이 세 가지를 엮는 발판이 되는 것이니, 그것을 찾는 일에 마음을 다하길 바랍니다.

휴대전화기 사진에서 발췌한 추억 사진, 짧게 그려둔 삽화나, 휴대전화기에 써둔 짧은 단어들에서 소재를 나열해 본다.

또는,

위 10가지로 분류한 소재에서 자신이 쓸 소재를 써 둔다.

5장

여운과 감동

글에다 거짓을 쓰면 안 되는 이유

"이 꽃은 비록 아주 아름답기는 하지만 반드시 향기가 없을 것입니다."

임금이 웃으며 말하였다.

"네가 그것을 어찌 아느냐?"

덕만(후에 선덕여왕)이 대답하였다.

"꽃을 그렸으나 나비와 벌을 그리지 않았기에 그것을 알았습니다. 무릇 여자가 뛰어나게 아름다우면 남자들이 따르는 법이고, 꽃에 향기가 있으면 벌과 나비가 따르기 마련입니다. 이 꽃은 무척 아름다운데도 그림에 벌과 나비가 없으니, 이것은 분명히 향기가 없는 꽃일 것입니다."

|삼국사기 신라본기 中 선덕여왕|

인천교육청 워크숍에 가는 길이 행복한 이유가 있습니다. 멘티님들을 보는 설렘도 컸지만, 공항철도 타려는 길. 한 모퉁이에 꽃집을 보는 즐거움도 한몫했습니다. 형형색색 자태를 뽐내는 꽃구경에 저는 시간에 맞춰 가야 했음에도 불구하고, 발길을 멈추고 꽃의 향기에 취해 넋을 놓고 서 있기 일쑤였습니다.

그것만으로도 부족하단 생각에 꽃집 사장님께 양해를 구하고 사진에 그 향기와 자태를 담았습니다. 오감을 활짝 열고 꽃들을 보고 느끼는 것이란, 참으로 행복한 순간이었습니다. 혼자만 느끼기엔 부족하단 생각으로 찍은 사진을 딸 아이들이며 지인들에게 사진을 보내기까지. 위 꽃의 향기를 당신에게도 선물하고 싶습니다.

향기는 글에서도 납니다. 당신만의 체취. 당신만의 에너지. 당신의 에세이(글)가 이런 향기를 내기 위해 단단히 챙겨야 할 것이 있습니다. '마음의 포장지를 거둬낸 솔직한 글' 화려한 포장지로 쌓인 꽃에 향기가 없듯, 당신 마음을 포장하지 않은 글이 독자에게 '여운과 감동'을 주기 때문입니다.

제가 글쓰기 워크숍에서 자주 쓰는 말이 있습니다. "글에다 거짓을 써놓으면 답이 없다." 에세이(글)는 더더욱 그렇습니다. 솔직하게 쓴 글은 나를 치유하고 다른 사람의 심금을 울립니다. 아무리 강조해도 모자람이 없는 기본 중, 기본입니다.

세밀하게 관찰한 것을 쓰는 것이 에세이(글)입니다. 바꾸어 말하면 작은 것을 써야 한다는 의미일 것입니다. 인류애 인간의 자유, 성평등, 사회의 악, 등의 거대한 이야기가 아닌, 소소한 것을요.

여운과 감동이란, 쓰는 이가 진술하고 솔직할 때 독자는 그 향내를 느낄 수 있는 것입니다. 굳이 에세이(글) 쓰기의 정답을 들라면, '글에다 거짓을 쓰지 않는 것'일 것입니다.

글이 아름답지만 향기가 없다면 진정한 에세이(글) 이라고 할 수 없습니다.

강조하는 의미로 한 문장으로 정리해 봅니다. '여운과 감동 이란, 거짓 없는 솔직한 글'을 말합니다.

창작 노트

솔직하고 진솔한 감정으로 한 줄 완성해 보기

나의 글에 진솔함이 담겨있나 성찰해 보기

6장

주제

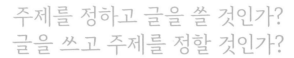

주제를 정하고 글을 쓸 것인가?
글을 쓰고 주제를 정할 것인가?

어느 초등학교 선생님이 학생들에게 사자성어에 대한 시험을 냈답니다. 아래는 그 시험문제입니다.

'밤에 길거리에서 술 먹고 고래고래 소리치는 사람을 4글자로 쓰시오.'

학생들이 시험을 치르고 모두 하교한 뒤, 선생님은 채점하며 빙그레 미소를 지으셨답니다. 거의 모든 학생이 수업 시간에 배운 '고성방가'라는 정답을 써놓았는데요. 시험을 치르며 유독 고민하던 한 학생이 정답에다, '우리 아빠'라고 써놨기 때문이었습니다. 채점하던 선생님은 얼마나 이 학생이 귀여우셨을까요.

생각해 보세요. 정답을 쓰고 싶단 아이의 모습. 네 글자라고 했으니, 그 네 글자를 찾기 위해 머릿속에 별의별 생각들로 가득 찼던 얼굴. 작은 손가락으로 연필을 꼭 쥐고 네 글자를 썼다 지웠다 반복한 흔적…. '우리 아빠'라고 적었다가 친구들한테 창피함을 당하지 않을까 고민했던 짧은 순간. 하지만 정답은 적어야 하니, 아빠 체면을 깎는 것 같고. 그러다 답을 적기로 마음먹고, 연필로 꾹꾹 네 글자를 눌러쓰며, 마음속으로 '아빠 미안'이란 말을 했을지도 모를 귀여운 아이의 표정……. 상상만으로도 아이가 귀여워 안아주고 싶게 만듭니다.

이 에피소드를 들은 당신은 어떤 이야기를 하고 싶은가요?

에세이(글) 작가의 꿈을 꾸는 당신이라면, 여기서 '주제'를 생각해 보아야 합니다. '아이의 천진성'이 주제가 될 수도 있고. 당신이 생각하는 그 무엇도 주제가 될 수 있습니다. 다만, 소재와 근접성을 띤 주제를 생각해 내야겠지요.

다른 예를 하나 더 들어봅니다.

글쓰기 교실에서 벌어진 일입니다. 한팀으로 글쓰기 수업 중인 초등 4학년인 두 남학생이 있습니다. 한 학생은 집중력이 뛰어나고, 말도 조리 있게 잘합니다. 글도 매우 잘 씁니다. 그에 비해 또 다른 학생은 산만합니다. 운동에 소질이 있지만, 책도 대충 읽습니다. 글솜씨도 상대적으로 부족합니다. 이 두 아이는 서로가 압니다. 누가 더 잘하는지. 그런 격차를 서로가 잘 알기에, 좀 더 잘하는 친구가, 자신보다 부족해 보이는 친구를 은근히 무시하고 깔봅니다. 부족한 친구 역시 그 느낌을 평소 받고 있었습니다.

그러던 어느 날. 두 아이가 크게 싸우는 일이 벌어집니다. 한방 먹인 거죠. 주먹으로. 5세 때부터 유치원을 함께 다녔던 터라, 두 어머님은 큰 소란 없이 배려하며 마무리가 됐습니다만, 제게 전화가 걸려옵니다. 양쪽 어머님께요. 요지는 다른 사람 말은 안 들어도, 선생님 말씀은 잘 들으니, 잘 타일러 달라는 부탁이었습니다.

수업이 끝나고 두 아이와 대면한 저는, 각자에게 꿈이 뭔지 물었습니다. 공부를 잘하는 친구가 대답합니다. "검사요." 친구의 대답을 들은 아이는, 곰곰이 생각하더니, "대통령이요!" 하고 당차게 꿈을 밝힙니다. 슬며시 나오는 웃음을 꾹 참고, "들었어? 얘 대통령 되면, 넌 뒤졌다." 제 말이 우스웠던지 두 아이는 킥킥대며 잠시 웃더군요. 저는 길게 말하지 않았습니다. 단지

개인마다 잘하는 분야가 다를 뿐이란 말을 해주었습니다. 공부를 좀 더 잘한다고, 상대를 깔아뭉개는 짓 따위는 하지 말란 말도 하지 않았습니다. 요즘 아이들은 똑똑해서 그 정도 말로도 충분히 알아듣기 때문이지요.

다시 '주제'에 대한 얘기를 해봅니다. 여기서 당신은 '주제'를 생각해 볼 수 있습니다. 소설에 비하면 에세이(글)는 주제를 직접 드러낸다고 할 수 있습니다. 아이들이 글을 쓴다면, '자신이 잘하는 일로 상대를 무시하면 안 된다'라는 쉽고 당연한 주제를 생각할 수 있습니다.

좀 더 깊이 있는 주제를 생각해 어른들 시선으로, '아이들의 성숙함'에 초점을 둘 수도 있습니다. 아이들이 싸우고도 금방 풀어지고 금세 친해지는 게 어른들과 달리 순수하니까요. 아니면 당신이 생각한 다른 주제를 도출해 낼 수도 있는 것입니다.

대부분 에세이(글)에서는 마지막 문단에 '주제구현'을 합니다. 나의 이야기로 시작해서, '우리'의 공감으로 이어지는 주제. 즉, 미시적인 이야기로 시작해서 거시적인 메시지(주제)로 맺음을 하면 된다고 생각하면 쉽습니다. 그렇다고 '인류애' 등을 쓰는 오류를 범하지 않기를 바랍니다. 나만의 이야기가 군이 거창

할 필요는 없으니까요.

그렇다면 내가 선택한 소재에서 적절한 주제를 찾는 방법은 어떤 것이 있을까요. 공감. 참신성. 선명함. 나만의 경험으로 녹여낸 것. 시사와 철학을 겸비한 것. 유익하고 가치 있는 것. 등등일 것입니다.

에세이(글)는 감각적 쾌감을 얻기 위해 보는 글이 아닙니다. 삶의 희로애락은 인간이라면 누구에게나 있는 일이니, 그런 공감을 바탕으로 나의 체험이 녹아있는 진실을 말할 때, 독자는 그 지점에서 공감과 함께 즐거움을 얻는 것입니다.

'문장 하나'에도 주제가 있습니다. '한 문단 안'에도 역시 주제가 있습니다. 이것이 모여 한 꼭지의 글이 됩니다. 뜨개질로 비유하면, 모자 뜨기(주제) 스웨터 뜨기(주제) 뜨개 과정의 유기적인 결합이 모여서 모자와 스웨터로 완성되듯, 당신의 에세이(글) 역시 그렇습니다.

기차가 소재라면, 주제는 그것을 바른길로 가게끔 땅 위에 설치한 레일과도 같습니다. 기차가 탈선하지 않고 곧게 자기 길을 가는 역할을 하는 것입니다. 망망대해를 항해하는 배가 있다면 나침판과 같은 것이 곧 주제가 될 것입니다.

글을 모두 써두고, 주제를 그 안에서 찾는다는 경우도 있습니다. 일견 맞는 부분도 있습니다. 하지만 글을 다 써놓고 마땅한 주제가 없으면 어떻게 합니까. 버려야죠.

이러한 점에 포인트를 둔다면, 글을 모두 쓴 후, 주제를 찾는다는 것은 조금 위험할 수도 있습니다. 주제를 마지막에 찾는다는 것은, 글쓰기 고수가 되고 난 뒤에나 가능한 일이 아닐까요. 하지만 이러한 방법이 본인에게 맞는다면, 그 또한 나쁘지 않습니다.

자신이 고른 소재와 주제를 연결하는 게, 자연스럽게 될 때까지 어떠한 방식이던 시도하는 것 또한 그 과정에 분명 배울 점이 있을 것입니다.

다만, 저는 반드시 주제를 정하고 글을 쓰라는 조언을 드립니다.

창작 노트

두 가지 방법 모두 시도해 나만의 방법 찾아보기

7장

제목과 도입부

독자가 나의 책을 살지 말지를
결정하는 타이밍

　오늘은 에세이(글)에서 왜 〈제목〉과 〈도입부〉가 중요한지, 왜 이 부분을 공들여 써야 하는지에 대한 것과 함께 제목 짓기와 도입부 써보기입니다.

　에세이(글)는 〈제목〉과 〈도입부〉에서, 독자가 읽을까, 말까 판단하고 결정하는 90% 이상을 차지한다고 해도 과언이 아닙니다. 즉, 제목과 도입부를 보고 이 책을 살지 말지를 결정하는 타이밍이라고도 하겠습니다. 시간으로 따지면 2초~4초 안팎이 되겠지요.

물론 2000자 내외의 글을 쓰며 어느 부분 하나 중요치 않은 곳은 없습니다. 다만 여기서는 〈내가 만약 독자라면〉이라는 가정하에 생각해 보는 것입니다.

오프라인 서점에서 혹은 온라인 서점에서 책을 고른다 칩시다. 가장 먼저 눈에 들어오는 것은, 〈책의 제목〉일 것입니다. 관심이 가서 책장을 넘겨 봅니다. 목차를 보겠지요. 그 목차의 제목 중에 눈을 사로잡는 제목이 있습니다. 그 제목을 보고 휘리릭 책장을 넘겨 마주하는 부분이 〈도입부〉일 것입니다. 당신의 결정은 어떻습니까? 보고 싶은 제목이 있다면, 기꺼이 비용을 지불하고 서점에서 책을 사서 들고 올 것입니다. 반대라고 생각하면 결정은 뻔합니다.

이렇듯 〈제목〉과 〈도입부〉를 훑어보고, 책을 살지 말지 결정하는 데는 정말이지 찰나일 것입니다. 어쩌면 2초~4초도 걸리지 않을 것입니다.

이러한 의미로 에세이(글)의 가장 중요한 부분은 〈제목〉과 〈도입부〉라는 것입니다. 여기서 당신은 의문이 들것입니다. '그럼 이렇듯 중요하다고 하는 두 가지를 알았는데, 에세이(글)를 쓸 때, 제목을 어떻게 짓지?'라는.

먼저 언급하자면 좋은 〈도입부〉는 길이 면에서 단순하고 쉽고 짧은 문장일수록 좋습니다. 전달력이 높기에 그렇지요. 즉, 단문이 좋다는 뜻입니다. 되도록 어려운 한자어나 추상적인 표현과 관념적인 단어. 또 부사, 형용사와 같은 수식어는 피하라는 조언도 덧붙여 봅니다.

아래 제시한 도입부, 〈이제 도시를 떠나야 한다〉라는 단순하면서도 간결하고 짧은 첫 문장이 주제가 선명합니다. 이런 점을 참고해 살펴보기 바랍니다.

이제 도시를 떠나야 한다. 젊음을 바친 직장도 미련 없이 버리고 떠나야 한다. 어쩔 수 없이 도시에 살고 있는 미워진 자신까지도 버려야 한다. 날이면 날마다 거듭해오던 이별연습도 마감하지 않으면 안 된다.

멋진 귀향. 화려한 이 한마디를 앞세우고 나는 돌아가야 한다. 잃어버린 고향이 그 어디멘지 몰라도 기어이 나는 돌아가고야 말리라. 가서 집을 지으리라.

구활 「기억 속의 우울한 귀향」 中

〈제목〉은 글을 다 쓰고 짓기를 추천을 드립니다. 왜냐, 제목을 짓고 본문을 쓰다가 발목을 잡힐 수 있기 때문입니다. 이제 에세이(글)를 막 쓰기 시작한 초심자라면, 더더욱 그렇습니다. 쓰는 내내 제목에 맞추려고 이리저리 끌려다니다 보면 영 재미없는 글이 될 것이 불을 보듯 뻔한 일입니다. 물론 매력적인 〈제목〉에 매료되어 글을(본문) 쓰는 때도 있겠지요. 이런 경우는 제목에서 시작한 글이 물 흐르듯 자연스레 이끌어주기도 합니다. 그러나 초심자일수록 이는 드물기에 〈제목〉은 글을(본문) 재미있게 쓰고 난 후, 지으라는 것입니다. 〈제목〉에 대해서는 조금 더 긴 설명이 필요합니다. 해서 다른 지면을 활용해 언급할 것이니 참고해 주시기 바랍니다.

〈주제〉는 반드시 정해놓고 글을 쓰는 건 당연한 일입니다. 〈주제〉를 정해놓고 글을 쓰다 보면, 자연스레 좋은 〈제목〉이 떠오를 것입니다. 만약, 〈주제〉를 정해놓고 글을 썼는데, 적당한 〈제목〉이 떠오르지 않는다면, 잠시 묵혀두고 다시 꺼내 보며 수정하는 게 좋습니다. 여러 차례 퇴고를 거친 후에도 좋은 제목이 떠오르지 않는다면, 이 글(본문)은 둘 중 하나입니다. 버리거나, 재미있게 수정을 거치거나.

〈주제〉를 정해 글을 완성했는데, 마땅한 〈제목〉이 떠오르지 않는다면 이유는 두 가지일 가능성에 무게를 둬 봅니다. 글의 내용이 산만해서 핵심 파악이 어렵거나, 독자를 지나치게 의식한 욕심. 만약 이 두 가지를 잘했다면, 제목은 제 몫을 하기 위해 저절로 건져내 진답니다. 심지어 여러 개가 떠오르는 경험도 하게 될 것입니다.

〈도입부〉에 대해서는 뒤에서 좀 더 자세히 다루도록 합니다.

주제를 정하고 도입부 써 보기

핵심 메시지, 보조문장이 균형을 이뤘는지 확인해 보기

8장

문단(=단락)

단락과 1500자 ~ 2000자 사이

몇 개의 문장이 모여 하나의 중심 생각을 나타내는 것이 단락입니다. 단락 자체로 하나의 완결된 뜻이 될 수 있습니다. 단락과 문단은 같은 의미이기에, 우리는 보다 익숙한 단어인 〈문단〉이란 표현을 쓰도록 합니다.

한 〈문단〉을 구성하는 요소는, 시작 문장, 이를 뒷받침하는 문장(또는 보조문장), 맺는 문장으로 이루어져 있습니다. 이것이 모여 글의 덩어리, 즉 하나의 〈문단〉이 되는 것입니다.

새로운 문단을 쓸 때는 줄을 바꾸어 처음 한 칸을 띄어쓰기하는 것이 약속입니다. 가끔 글 쓴 시간이 꽤 된다는 분들의 원고를 보면, 이를 지키지 않는 경우가 종종 보입니다. 이를 지키지 않는 것은, 운전하며 교통법규를 어기는 일과 같은 이치이니, 꼭 숙지토록 해야 할 것입니다.

단어와 단어가 모여 문장이 되고, 문장과 문장이 모여 문단이 되고, 문단과 문단이 모여 한편의 글이 탄생합니다.

푸르름으로 어우러진 숲의 경치는, 한 그루, 한 그루가 모인 나무들이 있기에 가능하지요. 숲 전체는 곧 부분의 나무로 이루어졌다는 걸 알 수 있습니다. 바꾸어 말하면 한 그루의 나무를 잘 보살펴야 만이 아름다운 숲을 보는 게 가능하다는 것입니다.

작은 단위(단어)에서 좀 더 나간 단위(문장), 조금 더 나아간 단위(문단=단락)가 있어야 한편의 글이 완성됩니다. 전체를 알려면 작은 단위부터 알아야 할 필요가 있습니다. 그런 의미로 효율적인 문장을 살펴봅니다.

한 문장에는 내용이 너무 길지도 혹은 지나치게 짧지도 않아야 좋습니다. 너무 길면 핵심 내용을 전달하기 부적절하고 산만해지는 때가 있습니다. 또 지나치게 짧게 되면 문장의 개수가 많아져 문맥의 흐름이 끊기는 문제가 있어 그렇습니다. 한 〈문단)에 10개의 문장을 넘지 않는 것을 권합니다. 아래 예시글을 보면, 총 6개의 문장이 한 〈문단〉으로 그 의미를 이루며 그 효율성을 다하고 있음을 알 것입니다.

나는 언제부터인가 솔을 좋아한다. 아마 썩 어려서부터인가 짐작된다. 봄만 되면 지금도 가끔 떠오르는 것은 내가 여섯 살인가 되어 어머니와 같이 뒷산 솔밭에 올라 누렇게 황금빛 나는 솔가래기를 긁던 것이다. 때인즉 봄이었던가 싶다. 온 산에 송림이 울창하였고 흐뭇한 냄새를 피우는 솔가래기가 발이 빠질 지경쯤 푹 쌓여 있었다. 솔은 전년 겨울 난 잎을 이 봄에 죄다 떨구기 때문이다.

강경애 「내가 좋아하는 솔」 中

그럼 한편의 에세이(글) 전체에서 한 문단이 하는 일은 무엇일까요? 한 문장 안에도 〈주제〉가 있으니, 주제를 도출하는 기능과 내용전달입니다.

이 두 가지 모두 중요하지만, 초보 작가들이 저지르기 쉬운 문단과 문단을 잇는 역할을 담당하는 기능적인 문단을 잠시 살펴봅니다.

기능 문단은 특별한 내용을 담고 있지는 않습니다. 하지만 문맥을 이어주거나, 다음 문단과의 관계 및 글의 전개에 도움을 주는 것이니 매우 중요하다고 할 수 있습니다.

에세이(글)를 쓰면서 무작정 길게 쓴다는 것은 매우 곤란한 문제입니다. 독자가 한 호흡으로 읽어내려가기 쉬운 게 좋습니다. 그렇다면 에세이(글)를 쓰며 이 부분에 대해 생각해 볼 필요가 있습니다. 2000자 이상을 넘어갔다고 해도 수정할 때, 가독성을 위해서라도 맞추는 것이 좋습니다. (한글에서, 파일→)문서정보→)문서통계에서 확인 가능)

숲 전체를 보기 위해, 즉 글 전체를 알기 위해 문단이 지니는 의미들을 살펴보았습니다. 문단(한 그루의 나무) + 문단(한 그루의 나무)=한 편의 글(숲). 이렇게 작은 단위를 쪼개며 에세이(글)를 써내려가면, 어렵게 접근하지 않을 것이라 여겨집니다. 퇴고 시에 참고해도 좋을 것입니다.

창작 노트

한 문단으로 이루어진, 즉 덩어리 글 써 보기

한 문단을 써보고, 문단의 구성요소가 모두 있는지 살펴보기

9장

에세이(글)에서
중요한 세 가지

유혹하는 첫 문장 &
매력적인 도입부 & 마지막 문단

　제목 다음으로 독자와 만나는 곳이 〈도입부〉입니다. 이런 순서를 생각한다면, 매우 중요한 부분입니다. 독자는 냉정합니다. 이런 독자의 눈과 마음을 끌어야 그다음의 글을 읽을까 말까를 결정하기 때문이기도 하지요. 글 전체를 놓고 보면, 〈도입부〉는 한 문단 정도를 차지하지만, 고민하고 또 고민해 써야만 좋은 〈도입부〉가 나온답니다.

　앞서도 언급했지만, 제가 강연에서도 늘 하는 이야기입니다. 글에다 '거짓'을 써 놓으면 답이 없다고요. '이 정도의 거짓은 괜찮겠지….'라는 유혹이 있을 때 이 말을 기억해 주기 바랍니다.

우리 인간은 서로를 비추는 거울이기에 독자는 단박에 알아챕니다. 내 글에서 나 역시(작가) 어떤 감정이나, 감흥을 느껴야만 독자도 그것을 고스란히 느낀답니다. 이런 걸 생각해 본다면, 글에다 '거짓'을 써 놓는다는 건 독자가 재빨리 등을 돌리게 하는 지름길이 될 것입니다. 다만, 남에게 공개되지 않아도 될 사생활은 피하는 것이 좋습니다.

유혹하는 〈첫 문장〉 매력적인 〈도입부〉라고 해서 유려한 미사여구를 장황하게 늘어놓으라는 얘기가 아닙니다. '작가의 진실성'을 충분히 녹여 낼 때, 독자는 그 유혹에 기꺼이 넘어갈 마음을 내어주는 것이라는 의미랍니다.

그럼 유혹하는 〈첫 문장〉과 〈도입부〉를 매력적으로 쓰는 것에는 무엇이 있을까요. 먼저 〈첫 문장〉은 단문으로 쓰기를 적극 추천 합니다. 왜냐, 문장의 길이가 짧을수록 전달하려는 의미가 선명하기 때문이지요.

글을 쓰는 목적은 전달력에 있습니다. 에세이(글)가 문학적인 글이라고 해서, 추상적이고 형이상학적인 말이나 지나치게 어려운 한자들을 줄줄이 나열해 놓으면, 본문을 읽기도 전에 피로감이 몰려올 것입니다. 또 부사나 형용사와 같은 수식어 역시 앞서 말했듯 피하는 것이 좋습니다.

〈도입부〉에서 설명으로 일관하거나, 불필요한 사족을 늘여놓으면 독자는 정서적인 분위기를 망친 대가를 줍니다. 책을 덮어버리는 것이지요. 본문과 상관없는 신변 이야기를 장황하게 늘어놓거나 자기변호나 불평 등등으로 시작하는 것 역시 옳지 않습니다. 매력적인 〈도입부〉를 쓰기 위해서는 이러한 것들은 배제하는 것이 마땅합니다.

그럼 매력적인 〈도입부〉에서 갖춰야 할 요건을 알아봅니다. 첫째, 제목과 상관성을 지닌다. 둘째, 글 전체의 핵심을 구체적으로 전한다. 셋째, 내용이나 뜻을 그대로 드러내는 표현보다 함축적이며 비유적인 표현을 한다.

제목과 상관성을 지닌다는 의미는 독자가 본문을 읽어내려가며 이래서 이런 제목을 지었다는 생각이 자연스레 드는 것입니다. 제목과 직접적이기보다 독자가 유추할 수 있도록, 아래 작품에서처럼 간접적으로 말입니다.

지하철에서였다. 검정, 흰색, 우리가 흔히 말하는 살색의 크레파스가 나란히 놓여 있고 '모두가 살색입니다.'라고 쓴 광고문이 눈길을 끌었다. 그 문장은 새삼 나를 야릇한 충격에 빠뜨렸다. 어쩌면 너무나 당연한 걸 그동안 느끼지 못하고 살았던 게 아닌가 싶어서였다.

다른 사람들도 그런 충격을 받았는지 산업자원부 기술표준원은 그동안 살색으로 표기되어 온 색이름을 피부색이 다른 외국인에게 인종차별의 의미로 받아들여질 소지가 있다고 연주황으로 개정한다고 발표했다.

모든 것이 귀하던 시절, 내게는 아버지가 선물로 사준 12색 크레파스가 있었다. 작은 시골 학교에서 크레용이 아닌 크레파스는 아이들의 선망 어린 눈길을 끌기에 족했다. 그날 이후 나는 줄곧 의기양양한 기분으로 그림을 그렸다. 가끔 소를 몰고 가는 소년들과 들녘의 풍경을 그리기도 했는데 소 잔등이에 탄 소년의 얼굴은 당연히 살구빛 살색이었다. 나는 아직 어렸고 세상에 나와 다른 인종이 있음을 알지 못했으니까.

(중략)

지난 K리그 때였다. 월드컵의 열기가 남아있던 축구장은 막상막하의 팽팽한 접전과 지칠 줄 모르는 응원단들의 열광적인 응원이 버무려져 뜨거

웠다. 일진일퇴 밀고당기는 긴장감이 이어지던 어느 순간 홈팀의 흑인 선수가 찬 골이 골대를 갈랐다. 피부색깔에 상관없이 한 덩어리로 엉켜 승리의 기쁨을 나누는 선수들, 그들이 흘리는 땀 색깔은 무채색 단 한가지였다. 모두가 살색이었다.

우희정 「땀의 색깔」中

유혹하는 첫 문장과 매력적인 도입부의 요건은, 시작이 자연스러우면 좋습니다. 또 작가의 참신성과 더불어 독자의 흥미까지 끌어낸다면 더할 나위가 없겠지요.

〈마지막 문단〉은 에세이(글)를 완성하는 곳입니다. 문단이라고 했지만, 한 줄이 될 수도 있습니다. 내 글의 소재, 구성, 제목이 모두 〈마지막 문단〉에 맞추어지는 것이니, 매우 중요한 부분이라고 하는 것입니다.

아래 김희보, 『문장 바로 쓰기』 중 〈마지막 문단〉에 관해 정리한 글을 남깁니다.

① 주제법 - 그 문장의 주제가 되는 생각을 마지막 단락에서 다시 한번 서술하면서 결말을 내는 방법. 본격적인 결말의 방법이라 할 수 있다.

② 감상법 - 감상의 내용은 필자의 인품과 인생관을 느끼게 하는 것이기 때문에 독자에게 주는 인상은 선명하다.

③ 대응법 - 수필의 서두와 결미는 항상 밀접한 관계를 맺기 때문에 서두의 내용과 대응시키는 방법이다. 이 방법은 서두의 분위기를 반복하여 연상작용을 통해 주제에 대한 관심을 재생시키는 방법이다. 문장법에 익숙한 사람은 이 방법을 흔히 사용하고 있다.

④ 요망법 - 문장의 결말에 필자의 요망이나 희망 따위를 쓰는 것은 호소하는 문장에서 흔히 사용되는 방법이다.

⑤ 여운법 - 여운이라는 효과를 내는 방법으로서 지금까지의 문장 작법의 경우 흔히 사용되는 것의 자연묘사다.

창작 노트

내가 생각하는 유혹하는 첫 문장 & 매력적인 도입부 써 보기

마지막 문단 완성해 보기

10장

구성 I

3단 구성이란? 4단 구성이란?
5단 구성이란?

'왕이 죽고 왕비가 죽었다. 왕이 죽자 왕비가 슬퍼서 죽었다.'

『소설의 양상』中
E.M 포스터(E.M. Forster : 1879~1970)

'한강에서 매점을 운영하는 노랑머리 철부지 딸바보 강두, 한강에 나
타난 괴물에게 딸 현서가 잡아먹혀 죽었다. 죽은 줄 알았던 현서에게
서 살아있다는 전화를 받는 강두. 가족들과 합심해 현서를 구하기 위
해 목숨을 건다.'

영화『괴물』2006년 개봉 감독 봉준호

첫 번째 예시글부터 알아보겠습니다. 영국의 소설평론가인 포스터는 '왕이 죽자 왕비가 죽었다.'는 스토리이고, '왕이 죽자 왕비가 슬퍼서 죽었다.'는 플롯이라고 했습니다. 여기서 플롯은 구성이란 말과 같은 의미입니다. '글의 짜임'이라는 표현 역시도 구성이란 말과 같다고 보면 됩니다.

스토리는 시간적 순서와 사건으로 배열된 것입니다. 플롯은 사건의 서술이긴 하나, 인과관계. 즉 원인과 결과에 중점을 두는 것입니다. '왕이 죽었는데, 왕비가 죽었어. 왜 죽었지? 슬퍼서.' 이렇게 해보면 쉽게 이해가 되리라 생각됩니다.

두 번째 영화 글에서도 마찬가집니다. '한강에서 매점을 운영하는 노랑머리 철부지 딸바보 강두가 있습니다. 한강에 나타난 괴물에 의해 딸 현서가 잡아먹혀 죽습니다. 그런데 죽은 줄 알았던 딸 현서에게 전화가 옵니다.' 이 철부지 딸바보 아빠는 어떻게 하겠습니까? 목숨을 걸고 딸을 살리기 위해 뛰어들어야죠. 〈기승전결〉에서 〈기〉에 해당하는 부분입니다. 이 부분에 플롯이 이미 녹아있습니다.

구성이란 주제를 구현하기 위해 소재 및 제재를 효과적으로 활용하는 것입니다. 에세이(글)에서 중요한 4가지는, 〈주제. 소재. 구성. 문장〉이 될 것입니다. 그 중 〈구성=플롯=글의 짜임〉이 있어야 선택한 주제와 소재를 유기적으로 얽어내는 것입니다.

형식이 없다고 해 무형식이라고 했는데, 〈구성〉이라는 형식은 뭘까. 하는 의문을 가질 수 있습니다. 붓 가는 데로 쓰는 것이라고 했는데 말이지요. 이는 일정한 틀에 얽매이지 않으면서도 뼈대를 갖추어야 한다는 뜻으로 이해하면 좋습니다. 즉, 무형식이긴 하지만 그 속에 나름의 형식.

문학적인 면으로 볼 때, 여러 구성법이 있습니다. 하지만 이 장에서는 가장 보편적으로 사용하는 구성법에 관해 설명해 볼까 합니다. 보편적 구성법에는, 3단 구성과 4단 구성起承轉結, 발단—전개—위기—절정—결말인 5단 구성이 그것입니다.

3단 구성은, 〈서론—본론—결론〉을 갖춘 구조를 말합니다. 서론에서는 글의 주제를 소개합니다. 예를 들면, 독자의 관심을 끌기 위한 명언이나 질문, 또는 나의 이야기로 시작해도 좋습니다. 본론에서는 서론에서 밝힌 주제와 관련된 나만의 경험, 생각, 느낌 등등을 써줍니다. 본론의 문단은 여러 개가 될 수도 있습니다. 결론은, 본론에서 다룬 내용을 정리하는 문단입니다. 즉, 개인적인 소회나 나만의 느낌.

〈기승전결〉은 본래 한시를 구성하는 방법입니다. 기起는 시를 시작하는 부분, 승承은 그것을 이어받아 전개하는 부분, 전轉은 시의 의미를 전환하는 부분, 결結은 시를 끝맺는 부분입니다. 4단 구성인 기승전결起承轉結은, 그 재미가 〈전〉에 있습니다. 〈전〉에는 반전이 있기에 그렇습니다. 예상 밖의 반전을 일으켜 독자의 의표를 찌르며 흥미를 동반하는데, 이 구성법을 활용합니다.

영화 시나리오를 작업할 때, 구성요소인 〈기승전결〉을 따라가는 이유가 있습니다. 기억이 흐릿합니다만, 어느 책에서 본 것입니다. 영화 산업에 종사하는 사람들이 영화관에 들어가서 관객들의 행동을 파악했더니, 어떤 부분에서 관객들이 집중하고, 어떤 곳에서 관객들이 팝콘을 먹는 것을 관찰해 기록했다는 얘깁니다. 그 시간을 쪼개어 계산해 보았더니, 지금과 같은 〈기승전결〉이 나왔다는 말도 있습니다.

세 번째인 5단 구성법, 즉 〈발단〉〈전개〉〈위기〉〈절정〉〈결말〉입니다, 인간의 〈탄생〉〈성장〉〈삶의 활동〉〈늙음〉〈죽음〉으로 희랍시대에 수사학에서는 〈도입―진술―증명―반론―결어〉 5단계로 사용되었습니다. 어찌 보면 구성법 중에 가장 복잡하다고 할 수 있겠습니다. 그러나 체계를 갖춘 구성이라 할 수 있겠습니다.

나만의 소재로 시선을 잡아 놓고, 소개한 소재를 형상화하는 등, 제시한 문제의 해결 단계에서는 주제 구현을 합니다. 펼쳐 놓은 내용을 요약 또는 나만의 인생관을 제시하고 맺음을 합니다.

여기까지 따라오느라 고생 많으셨습니다.

다음 장에서는 좀 더 구체적인 예시를 들어보겠습니다.

11장

구성 II

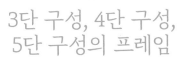

3단 구성, 4단 구성,
5단 구성의 프레임

구성을 크게 두 가지로 나누면, 〈단순 구성〉과 〈복합구성〉
입니다. 먼저 단순 구성이란, 한 가지 핵심 사상을 끈질기게 물
고 늘어지는 방법입니다. 복잡하게 여러 사건을 넣지 않고 주
제, 인물, 사건을 아주 심플하게 끌고 가는 방식입니다. 그에 비
해 복합구성은 두 줄기의 이야기를 엮어내는 것입니다.

가장 보편적으로 쓰는 3가지 구성, 즉 〈3단 구성〉과 기승전
결인 〈4단 구성〉 그리고 〈5단 구성〉을 좀 더 구체적이고 세밀
하게 프레임을 통해 예시한 글과 함께 살펴봅니다.

⇒ **3단 구성의 예시글**

태국의 어느 부족은 가마우지로 물고기 사냥을 해서 살아가고 있었다. 매사냥은 이미 널리 알려진 일이니까 가마우지 사냥이라고 신기할 것이 없다고 생각할지 모르지만, 그 방법의 비정함을 알고 나면 생각이 바뀔 것이다. (서론/처음)

어부는 길들인 가마우지 몇 마리를 긴 장대에 얹혀 어깨에 메고 바다로 나간다. 배를 타고 적당한 지점에 이르면 가마우지 목에 손가락 하나쯤 들어갈 만큼 느슨하게 리본을 맨다. 나는 그것이 장식이거나 자기 소유라는 표지인 줄 알았다. 그런데 물 위에 놓인 가마우지가 자맥질을 하더니 손바닥만한 물고기 한 마리를 물고 나오면서 끼룩거리며 삼키려 하지만 리본이 목을 조여 넘어가지를 않는 것이다. 가마우지는 그제야 자기의 임무를 깨달은 듯 뱃전으로 돌아가 그것을 주인에게 바치는 게 아닌가. 몇 번이고 그런 노역을 되풀이하다가 돌아온 가마우지에게 주인은 선심 쓰듯 리본을 풀고 잡은 물고기 토막을 던져 준다. 그러나 노역의 대가로는 턱없이 초라한 그 먹이에 감격하여 가마우지들은 다음날도 또 바다로 나간다. (본론/중간)

그들도 가엽지만, 봉급을 가마우지의 리본 같은 온라인으로 부인에게

차압당하고, 배 주고 배 속 빌어먹듯 용돈 타 쓰는 이 땅의 수많은 가마우지들은 더 가엾다. 아내에게 충성하고, 자식에게 효도하려고 오늘도 바람 부는 바다로 나가는 가마우지들에게 축복이 있을지어다. (결론/끝)

강호형 「가마우지」 전문.

⇒ 4단 구성 예시글

누구나 인생에 큰 영향을 준 영화가 한 편쯤 있을 것이다. 내게는 'E.T.'가 그런 영화다. 영화가 개봉되던 1984년. 내 일생일대의 큰 사건이 있었기에 인생 영화로 꼽는다. 그 일은 어머니가 운영하시던 가게에서 일어났다.

맞춤 양복이 유행하던 시절. 어머니는 양복에 들어가는 재료 파는 가게를 운영하셨다. 아버지는 회사에 다니셨는데, 퇴근 즉시 가게로 오셔서 어머니 일을 도우셨다. 부모님은 저녁 9시나 되어서야 집으로 돌아오시곤 하셨다.

주말이나 방학 때면, 나도 어머니 가게 일을 도와야 했다. 가게에서 공부하다가 어머니가 가끔 자리를 비우실 때, 대신 손님을 맞아야 했기 때문이다. 덕분에 용돈도 두둑이 챙길 수 있었다.

옷은 유행에 민감한지라, 맞춤옷 대신 기성복이 유행하며 잘되던 우리 가게는 점차 어려워지기 시작했다. 더불어 내 용돈이 줄어드는 것은 당연한 일이었다.

용돈이 반 토막 나니, 뭔가를 갖고 싶다는 욕구는 나를 더욱 흔들어댔다. 가게에서 거스름돈을 보관하던 분유 깡통이 있는데, 가끔 돈이 필요하면 어머니 몰래 그 깡통에서 조금씩 꺼내 쓰곤 했다.

그 무렵. 고1이 되던 해. 6월에 'E.T.' 영화가 개봉했다. 친구들이 온통 그 영화 얘기뿐이었기에, 극장에 가고 싶은 마음이 굴뚝같았다. 돈이 없었다.

꿩 대신 닭이라고. 서점에 갔다가 우연히 'E.T.'라고 쓰여 있는 책을 발견. 홀린 듯이 그 책을 보며 순식간에 빨려들었다. 책에는 영화 속 장면이 담겨있는 사진이 컬러로 실려 있었다.

사진에 이어서 영화 속 이야기들이 펼쳐졌다. 마치 영화 보듯 선명히 펼쳐지는 그림. 하지만 동네 서점에 죽치고 앉아 그 책을 모두 읽을 수는 없는 노릇. 빠르게 가격을 확인하니, 2천 원이 조금 넘었다. 주머니를 뒤적였다. 책을 사기엔 어림없는 돈. 아쉬운 손길로 책을 제자리에 꽂아두고 서점을 나왔다.

아, 분유 깡통!! 나는 단숨에 가게로 달음박질쳤다. 가게로 달려가는 길. 내 마음속에서는 선과 악이 한바탕 전쟁을 치르고 있었다. "훔쳐, 훔쳐!" "안돼, 나쁜 짓이야!" E.T 책이 눈앞에 아른거리는 순간, 악마란 녀석이 슬그머니 고개를 쳐들며 승리의 미소를 보냈다.

가게에 도착하자 때마침 어머니가 자리를 비우실 낌새를 보이셨다. "신일아, 잠깐 가게 좀 보고 있어." "옳다구나!" 찾아온 절호의 기회. 콩닥거리던 가슴은 쿵쾅거리기 시작했다. 가게 밖을 살폈다. 어머니는 보이지 않았다. 나는 분유 깡통 앞에 앉아 동전을 추리기 시작했다. 오백 원짜리는 몇 개 없으니 금방 탄로 난다는 생각에, 백 원짜리 동전을 골라내서 추리기 시작했다. 덜덜거리는 손으로 동전을 겨우 챙겼다. E.T 책 살 돈을 모두 추리고 나서 금액이 맞는지 재차 확인했다. 분유 깡통이 손타지 않았단 증거인 멸은 기본. 내 마음은 이미 서점으로 달려가고 있었는데…!!

순간 뒤통수가 서늘해지는 게 아닌가. 슬며시 고개를 돌려 보니 문가에 떡하니 버티고 서 계신 어머니! 수많은 감정이 오가며 어머니와 눈이 마주치는 순간. 온몸에 피가 얼굴로 몰리는 것 같았다. 쿵쾅거리는 심장. 몇 초 되지 않았을 정적의 시간은 억겁의 세월처럼 느껴졌다.

그때 어머니의 목소리가 들렸다. "아이고~ 거기 앉아서 그걸 다 추렸어?" 평소 같으면 진즉에 몽둥이 타작도 시원찮을 판에. 어머니께서는 알 수 없는 표정으로 물끄러미 나를 내려다보실 뿐. 불현듯 수치심이 몰려왔다. 쥐구멍이라도 있으면 숨고 싶었다. 그리고 너무 죄송스러웠다. 차라리

뒈지게 패기라도 하시지…. 고1씩이나 된 녀석이 도벽이라니.' 나 자신이 너무나도 한심하게 느껴졌다.

그 뒤는 어떻게 되었는지 잘 기억나지 않는다. 또렷한 건 어머니께서는 E.T 책을 사주셨다는 것과 표지가 해지고 책장이 떨어지도록 읽고 또 읽었다는 것이다. 그 일을 겪은 후, 정말 거짓말처럼 도벽이 사라졌다.

그 철없던 아들이 이제 50대 중반이 되어, 두 아이의 아빠가 되었다. 때마침 올해 작은아이가 고등학교 1학년이 되었다. 고1을 둔 부모 입장이 된 나에게도 같은 일이 일어난다면 어땠을까? 적잖이 당혹스러울 것 같다. 또 그 짧은 시간 동안 어떻게 대처할지를 결정한다는 것은 대단히 어려운 일이다.

어머니는 야단치기보다는 기다려주는 훈육을 택하셨다. 아들을 믿지 못했다면 할 수 없는 일이다.

'부끄러움을 아는 사람으로 길러주셔서 감사합니다. 또 믿고 기다려주셔서 감사합니다. 사랑합니다. 어머니.'

한신일, 「E.T와 분유 깡통」 전문
공저 『산다는 건, 이런 게 아니겠니』 中

아래 프레임에 넣어 봅니다.

기	살아오며 작가에게 큰 영향을 준 영화. 그것과 맞물린 사건. <독자에게 궁금증을 줌>
승	- 어머님이 운영하시는 가게에 동전을 넣어두던 분유 깡통. - 청소년기의 작가는 E.T.영화에 매료됨. - E.T.영화는 못 보더라도 책으로라도 사고 싶은 마음에 분유 깡통에서 동전을 추리기 시작함. - 외출에서 돌아온 어머님께 돈을 훔치던 순간에 걸림.
전 <반전>	- 화를 내고 매타작을 당할 줄 알았던 작가. 그러나 오히려 온화한 미소를 보내시는 어머님.
결	- 작가의 청소년기 어머님의 훈육 방법인 '기다림' 도벽이 사라짐. - 어머님의 따스한 훈육 방법에 대한 감사.

4단 구성법에서 신경 써야 할 부분은, 일화와 논증. 이 둘의 관계입니다.

「지조론 —변절자를 위하여」 조지훈의 작품 또한 <기승전결>의 구성을 따라가고 있습니다. <기>에서는 변절자에 대해 경계함. <승>에서는 지조를 지킬 것을 권고. <전>에서는 변절하지 말 것을. <결>에서는 지조는 리더의 생명임을 강조하며 맺음을 합니다. 「그믐달」 나도향의 작품도 4단 구성입니다. 〈기〉 그믐달에 대한 각별한 애정. 〈승〉 초승달, 보름달, 그믐달을 비교. 〈전〉 자신이 그믐달을 사랑하는 이유. 〈결〉 그믐달과 같은 여자로 태어나기를 바라는 마음을 담아냈습니다.

이 두 작품의 〈전〉 부분을 살펴보면, 꼭 〈대단한 반전〉으로만 생각하지 않아도 되는 것임을 알 수 있습니다.

⇒ 5단 구성 예시글

먹을 만큼 살게 되면 지난날의 가난을 잊어버리는 것이 인지상정인가 보다. 가난은 결코 환영할 것이 못 되니, 빨리 잊을수록 좋은 것일지도 모른다. 그러나 가난하고 어려웠던 생활에도 아침 이슬같이 반짝이는 아름다운 회상이 있다. 여기에 적은 세 쌍의 가난한 부부 이야기는, 이미 지나간 옛날이야기지만, 내게 언제나 새로운 감동을 안겨다 주는 실화이다.

그들은 가난한 신혼부부였다. 보통의 경우라면, 남편이 직장으로 나가고 아내는 집에서 살림을 하겠지만, 그들은 반대였다. 남편은 실직으로 집 안에 있고, 아내는 집에서 가까운 어느 회사에 다니고 있었다. (발단)

어느 날 아침, 쌀이 떨어져서 아내는 아침을 굶고 출근을 했다.

"어떻게든지 변통을 해서 점심을 지어 놓을 테니, 그때까지만 참으시오." (전개)

출근하는 아내에게 남편은 이렇게 말했다. 마침내 점심시간이 되어서 아내가 집에 돌아와 보니, 남편은 보이지 않고, 방안에는 신문지로 덮인 밥상이 놓여 있었다. 아내는 조용히 신문지를 걷었다. (절정) 따뜻한 밥 한 그릇과 간장 한 종지……. 쌀은 어떻게 구했지만, 찬까지는 마련할 수 없었던 모양이다. 아내는 수저를 들려고 하다가 문득 상 위에 놓인 쪽지를 보았다.

"왕후의 밥, 걸인의 찬……. 이걸로 우선 시장기만 속여 두오." (반전) 낯익은 남편의 글씨였다. 순간, 아내는 눈물이 핑 돌았다. 왕후가 된 것 보다도 행복했다. 만금을 주고도 살 수 없는 행복감에 가슴이 부풀었다.

(중략)

지난날의 가난은 잊지 않는 게 좋겠다. 가난 속에 빛나던 사랑만은 잊지 말아야겠다. "행복은 반드시 부와 일치하진 않는다."는 말은 결코 진부한 일편의 경구만은 아니다. (결론)

김소운, 「가난한 날의 행복」 中

5단 구성의 전문은 세 개의 이야기로 구성되어있습니다. 옴니버스식으로 구성되어있으나, 5단 구성을 충실히 따르고 있습니다. 전지적 작가 시점을 활용해 독자에게 전달하고 있습니다. 도입부와 결말 부분에서만 1인칭 서술방식을 통해 이 작품의 주제를 강조하고 있는 것입니다.

구성에서 갖춰야 할 세 가지는, 통일성과 균형성, 연결성이 될 것입니다. 에세이(글)를 쓰는 초심자일수록 단순 구성에서 시작해 좀 더 복잡한 구성으로 천천히 진입해 나가는 것이 좋을 것입니다.

틀을 깨고 물 흐르듯 자연스러운 글을 써야 합니다. 그러기 위해 '〈구성〉을 익힙니다. 그리고 버립니다' 이것이 〈구성〉에 관한 저의 조언입니다.

창작 노트

내 이야기 구성해 보기

3단 구성

4단 구성

5단 구성

12장

제목

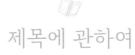

제목에 관하여

0.1초면 사람의 첫인상이 결정된다.

그 순간에 결정된 첫인상은 이후 잘 바뀌지 않는 습성을 보였다.

『First impressions : Making up your mind your
mind after a 100-ms exposure to a face.』
연구 논문-미국 프린스턴대 심리학과
재닌 윌리스 알렉산더 토도로프 연구 中

군이 위의 연구 논문을 살피지 않더라도, 우리는 사람들과 공
적이던, 사적이던 만남을 갖게 되며 첫인상의 중요성을 알고 있

습니다. 사람의 첫인상이 좋다거나 그와 반대이거나의 시간은 '찰나'라는 것을요. 얼굴 눈빛 목소리 말투 등이 합쳐져 상대방을 간파(?)하는 데 걸리는 타이밍이 0.1초라는 것에 동감입니다.

책 제목 역시 사람의 첫인상과 흡사합니다. 그 0.1초에 결정되는 찰나이죠. 제목을 보고 그 순간에 기꺼이 지갑을 열지, 말지를 판단하니 좋은 제목에 대해 이야기하는 것은 강조, 또 강조해도 모자람이 없습니다. 단, 제목과 걸맞게 내용 역시 알차야 하는 건 당연할 것입니다.

매력 있는 제목은 독자의 눈을 사로잡습니다. 본문의 내용과 조화를 이루는 제목. 내 글의 주제와 소재를 잘 드러내고, 간결하면서도 짧고 임팩트 있는. 그것이 매력적인 제목이 아닐까 싶습니다.

하지만 독자의 눈을 사로잡는다고 해서, 지나치게 자극적이고 선정적인 표현은 오히려 역효과를 불러 올 수 있습니다. 품격을 지키면서도 메타포가 녹아있는 것, 본문 내용을 함축한 것, 영화라면 로그라인을 압축해 놓은 것이면 좋겠지요.

정리해 봅니다. 간결하고, 예측 가능하며 시선을 끄는 제목. 이것이 요건이라 할 수 있겠습니다. 좋은 제목을 짓는.

간결함은 글자 수가 적어야 한다는 의미겠지요. 예측이 가능한 것은, 본문에서 펼쳐질 내용과 첫 문장이 제목과 연관성을 지녀야 함을 뜻합니다.

창작 노트

나의 작품 제목 지어보기

13장

묘사

오감과 구체적인 동사, 명사 활용

　에세이(글)쓰기 워크숍에서 멘티님들이 가장 어려워하던 것이 〈묘사〉였습니다. '중고등학교 시절 국어 시간에 문학작품을 읽으며 배우긴 했지만, 〈설명〉과 〈묘사〉의 정확한 차이점을 모르겠다.'라는 말이었습니다. 고백합니다. 글쓰기 걸음마를 배울 때 저 역시 어려웠다는 것을요.

　험난한 산이 있다면 분명 오르는 방법 또한 있는 법. 많은 시간 이 책 저 책 뒤적이다가 내린 저의 결론은 당연하고도 매우 명쾌했습니다. '아, 그럼 그리듯 글로 쓰면 되는구나'라고요.

이 말인즉슨, 다섯 가지 감각인, 〈오감〉이 그것입니다. 보고, 듣고, 느끼고, 냄새 맡고, 맛보고. 이것이 내적인 묘사라면, 외적인 것은 〈서술어와 명사 활용법, 비유법, 대화법 활용〉 등이 있습니다.

초심자 시절 저는 '무슨 말인지 알겠는데, 이걸 어떻게…?'라는 생각을 했습니다. 그때의 저와 동병상련일 것이란 마음으로 차례대로 예시를 들어 설명해 봅니다.

시각 예시〉

나는 물을 보고 있다. 물은 아름답게 흘러간다. 흙 속에서 스며 나와 흙 위에 흐르는 물, 그러나 흙물이 아니요 정(淨) 한 유리그릇에 담긴듯 진공 같은 물, 그런 물이 풀잎을 스치며 조각돌에 잔물결을 일으키며 푸른 하늘 아래 즐겁게 노래하며 흘러가고 있다.

이태준, 「물」中

청각 예시〉

어디선가 들려오는 물소리, 점점 더 가까이 들려온다. 내 귀에선 쩌렁쩌렁하게 울린다. 마치 교향악단이 연주하기 전에 저마다의 악기를 점검하는 소리처럼 요란한 물소리와 풀벌레 소리가 불협화음을 이루었다.

송유경, 「개울가에서」 中

후각 예시〉

장롱 서랍을 정리하다 깜짝 놀라고 말았다. 조그만 보퉁이 속에 고이싸여 있는 배냇베개를 발견한 것이다. 십 수 년 전 내가 그렇게 간직해놓은 것인데 그동안 잊고 있었던것이다. 보자기를 푸는 순간 향긋한 배냇 냄새가 황홀하게 전해왔다.

서경희, 「배냇베개」 中

미각 예시〉

-물새알은 <u>간간하고 짭조름한</u> 미역 냄새

박목월, 「물새알 산새알」

-집집 끼니마다 <u>봄을 씹고</u> 사는 마을

김상옥, 「사향」

-메마른 입술이 <u>쓰디쓰다</u>

정지용, 「고향」

촉각 예시〉

<u>아무튼 봄바람이 옷깃 속으로 스멀스멀 기어들던 날</u>, 개암사의 만발한 매화를 턱 올려다보며 경내로 들어선 날. 그 백매는 매창(梅窓)의 현신인가 싶었다.

김용옥, 「매화송」中

다음은 서술어를 아주 구체적으로 쓰는 것입니다. 서술어의 경우, ~있었다. ~이다. ~있다. ~이었다. ~하다. 등등의 상태형 서술어보다 역동성을 지닌 서술어를 쓰는 것입니다.

구체적인 서술어 예시〉

소녀는 몸을 떨었다.
가느다란 떨림이 소녀의 몸을 훑고 지나갔다.

묘사와는 조금 다른 측면의 이야기를 하나 덧붙여 봅니다. 모든 문장을 서술어로 마치면 재미가 없어지고, 평이한 글이 되는 것이 십상입니다. 이럴 때 명사 위치만 바꾸어도 글 전체에 느낌이 달라집니다.

문장을 마칠 때 서술어 대신 명사로 맺는 것이 그것입니다. 이런 경우 글 전체 톤이 밝아야 할 때입니다.

문장을 명사로 맺은 예시〉

그녀는 사랑을 갈구한다.

그녀가 갈구하는 것은 사랑.

대화체를 활용하는 것 또한 방법이라고 할 수 있겠습니다. 이외에도 비유법을 활용하는 것도 묘사에 도움이 될 것이니, 꾸준한 공부가 필요하다고 할 수 있겠습니다.

설명이 평면적인 쓰기 방식이라면, 묘사는 showing이며 감각적인 서술방식이라고 할 수 있습니다. 연습을 게을리하지 않는 자세가 필요합니다. 특히 에세이(글)에서는 묘사와 설명은 적절한 균형이 필요합니다.

나의 작품 묘사할 부분 찾아서 시도해 보기

14장

서정과 서사

에세이(글)의 기본적인 서술방식

에세이(글)에서 기본적이며 보편성을 띠는 쓰기 방식은 〈서정〉과 〈서사〉입니다. 문장 구조로 따지면 서정과 서사적인 에세이(글)가 그 방식입니다.

단어의 의미를 살펴보면, 〈서정〉은 정서적인 에세이(글)쓰기입니다. 마음으로 쓰고 마음으로 읽는 글. 작가의 희로애락 정서가 묻어있으므로 서정성은 물리적인 시간 흐름을 따르지 않고, 감정의 흐름에 포인트를 두고 있습니다.

〈서사〉는 사건이 나아가는 방식과 사물이 변화되는 과정을 대상으로 합니다. 서정성이 정적이라면, 서사는 동적인 시간을 따라 움직입니다. 아래 예시 글을 살펴보면 알 수 있습니다.

서정 예시〉

나는 우선 내 마음대로 쓸 수 있는 돈이 지금 돈으로 한 오만 환(대한 제국 때와 1953년부터 1962년까지의 우리나라 화폐 단위의 하나. 1환은 100전임) 생기기도 하는 생활을 사랑한다. 그러면 그 돈으로 청량리 위생 병원에 낡은 몸을 입원시키고 싶다. 나는 깨끗한 침대에 누웠다가 하루에 한두 번씩 덥고 깨끗한 물로 목욕하고 싶다. 그리고 우리 딸에게 제 생일날 사 주지 못한 비로드(거죽에 고운 털이 돋게 짠 비단으로 우단 또는 벨벳이라고도 함) 바지를 하나 사 주고, 아내에게는 비하이브 털실 한 폰드(pound, 1파운드는 452.592g) 반을 사 주고 싶다.

(중략)

나는 잔디 밟기를 좋아한다. 나는 젖은 시새(모래의 방언. 보드랍고 고운 모래)를 밟기 좋아한다. 고무창 댄 구두를 신고 아스팔트 위를 걷기를 좋아한다. 아가의 머리칼 만지기를 좋아한다. 새로 나온 나뭇잎을 만지기 좋아한다. 나는 보드랍고 고운 화롯불 재를 만지기 좋아한다. 나는 남의 아내 수달피목도리를 만져 보기 좋아한다. 그리고 아내에게 좀 미안한 생각을 한다.

피천득, 「나의 사랑하는 생활」 中

서사 예시〉

벌써 40여 년 전이다. 내가 갓 세간 난 지 얼마 안 돼서 의정부에 내려가 살 때다. 서울 왔다 가는 길에, 청량리역으로 가기 위해 동대문에서 일단 전차를 내려야 했다.

동대문 맞은쪽 길가에 앉아서 방망이를 깎아 파는 노인이 있었다. 방망이를 한 벌 사 가지고 가려고 깎아 달라고 부탁을 했다. 값을 굉장히 비싸게 부르는 것 같았다.

"좀 싸게 해 줄 수 없습니까?" 했더니,

"방망이 하나 가지고 에누리하겠소? 비싸거든 다른 데 가 사우."

대단히 무뚝뚝한 노인이었다. 더 값을 흥정하지도 못하고 잘 깎아나 달라고만 부탁했다. 그는 잠자코 열심히 깎고 있었다. 처음에는 빨리 깎는것 같더니, 저물도록 이리 돌려 보고 저리 돌려 보고 굼뜨기 시작하더니, 이내 마냥 늑장이다. 내가 보기에는 그만하면 다 됐는데, 자꾸만 더 깎고 있었다. 인제 다 됐으니 그냥 달라고 해도 못 들은 척이다. 차 시간이 바쁘니 빨리 달라고 해도 통 못 들은 체 대꾸가 없다. 점점 차 시간이 빠듯해 왔다. 갑갑하고 지루하고 인제는 초조할 지경이었다.

윤오영, 「방망이 깎던 노인」 中

나의 글이 〈서정〉과 〈서사〉 중, 어느 쪽인가를 아는 것은 퇴고 과정에서 도움이 될 때가 많습니다. 감정에 집중할 것인지, 동적인 것에 집중할 것인지를 알기에 그렇습니다.

15장

멘토와 멘티

진정한 멘토를 만나면

　멘토와 멘티라는 의미는, 그리스 신화를 바탕으로 한 호메로스의 대서사시 오딧세이아에서 유래된 것입니다. 고대 그리스 이타카 왕국의 왕인 오디세우스가 트로이 전쟁에 출전하면서 자신의 아들을 가장 믿을 만한 친구인, 멘토르에게 부탁합니다. 그리고 멘토르는 오디세우스가 전쟁이 끝나고 돌아오기까지 10여 년이란 세월 동안 왕자에게 스승이자 친구, 아버지이자 상담사의 역할을 톡톡히 하며, 그를 매우 훌륭한 어른으로 성장시킵니다. 이후 멘토라는 이름은 지혜와 신뢰로 누군가의 인생을 이끌어주는 사람이라는 뜻으로 사용되었답니다.

멘토의 유형으로는, 위로형과 해결형, 채찍형이 있습니다. 먼저 위로형 멘토는, 멘티의 이야기를 잘 들어줍니다. 멘티가 어려운 일이 생겼을 때 하소연하며 운다면 기꺼이 어깨를 내어 줍니다. 기꺼이 나서서 문제해결 방법도 찾아 알려줍니다. 이런 멘토에게 속마음을 털어놓고 나면 기분이 훨씬 좋아지겠지요.

해결형 멘토는, 문제를 분석합니다. 해결하는 능력에 있다 할 수 있습니다. 그들은 어떤 문제인지 물어보고, 함께 문제를 분석, 여러 가지 방안을 마련합니다. 그리고 그중에서 가장 적당한 방안을 선택하게끔 도움을 주는 형입니다. 진정한 훌륭한 해결형 멘토는 스스로 해결 방법을 알게끔 합니다. 즉, 물고기를 주는 것이 아닌, 잡는 방법을 가르쳐 주는 것이겠지요.

끝으로 채찍형 멘토는 격려와 질책에 방향성을 둡니다. 누구나 자만하거나. 나태해지는 때가 있기 마련. 그럴 때 이런 멘토가 채찍질과 격려를 해주고, 목표가 무엇인지 재차 상기시켜 줍니다. 종종 엄하고 무섭기는 하지만 이런 멘토의 역할은 매우 중요합니다. 자율성과 용기가 부족한 사람에게는 특히 이런 유형의 멘토의 채찍이 외부적인 추진력 역할을 톡톡히 하기 때문입니다.

위처럼 분류해 놓긴 했지만, 어느 쪽의 유형이 더 두드러지느냐의 차이일 뿐. 또 장단점이 분명 존재하고 있긴 합니다만, 훌륭한 멘토는 세 가지 모두 조금씩 섞이어 있기 마련이 아닐까 싶습니다.

"할 수 있다. 할 수 있다. 할 수 있다. 후우~ 할 수 있다." 2016년 브라질에서 열린 하계 리우올림픽. 펜싱 종목 한국의 대표팀 박상영 선수가 지고 있던 상황에서 자신에게 읊조리던 말입니다. 경기 결과는 역전승. 박상영 선수도 대단하지만 저는 박상영 선수를 가르친 스승에게 눈길이 갔습니다. 극한 상황에서도 선수의 정신력을 이끌어준 사람이기에 더 그랬습니다.

심리학계에서는 이를 pygmalion effect(피그마리온 효과)라고 합니다. 긍정적으로 기대와 신뢰, 예측 등의 시그널을 보내면, 상대는 이에 부응하는 행동으로 실제 긍정적인 기대가 충족되는 현상을 의미합니다.

Rosenthal Effect(로젠탈 효과) 또한 비슷한 효과입니다. 이는 하버드대 심리학과 교수였던 로버트 로젠탈 교수가 발표한 이론으로 칭찬의 긍정적 효과를 설명하는 용어입니다. 그는 샌프란시스코의 한 초등학교에서 20%의 학생들을 무작위로 뽑아 그 명단을 교사에게 주면서 지능지수가 높은 학생들이라고 말했다고 합니다. 8개월 후 명단에 오른 학생들이 다른 학생들보다 평균 점수가 높게 나옵니다. 교사의 격려가 큰 힘이 되었기 때문이죠.

하고자 하는 이야기로 돌아와 봅니다. 부족한 것에 채찍질만 하는 것이 아닌, 잠재된 능력을 끌어올려 주며 격려의 말을 아끼지 않는, 물음표를 던져 주고 스스로 해답을 찾아 나가게끔 하는 멘토를 만났다면 더없이 축하할 일입니다.

'진정한 멘토를 만나면 그의 마음을 얻는 것'입니다. 그들의 마음을 움직이는 것은 물질이 아닌, '마음'에 있기 때문입니다. 한껏 낮은 자세로 배우려는 순수한 마음. 그것이 멘토를 움직이는 최고의 방법일 것입니다.

멘토와 멘티 역시 인간관계입니다. 위와 같은 상황을 고려해 본다면, 인간의 관계는 순간의 격정이 아닌 오래 지속되는 영향력이 아닐까 싶습니다. 인생에 있어 중요한 것은 '어떤 사람이 곁에 있느냐에 따라 달라지는 게 아닐까'라는 생각까지 덧붙여지니 말입니다.

16장

글 쓰는 눈

오감 & 육안 뇌안 심안 영안

'인간은 어떤 경우에도 아름답지 않은 것에게 사랑을 느끼는 법이 없다. 그러나 어떤 눈으로 판단하느냐가 중요하다. 육안과 뇌안으로 볼 때 추악했던 것이 심안과 영안으로 보면 아름다울 때가 있다. 아니다. 사실대로 말해 버리자. 심안과 영안으로 볼 때 추악한 것은 아무것도 존재하지 않는다.'

이외수

육안肉眼은 얼굴에 붙어 있는 눈이고, 뇌안腦眼은 두뇌의 눈.

심안心眼은 마음속에 눈이며, 영안靈眼은 영혼 속의 눈. 저는 강연에서 이 사안四眼에 대해 자주 언급합니다.

글쓰기 영역에서 어떤 갈래의 글을 쓰느냐에 따라, 조금씩 차이가 있다는 걸 말하고 싶을 때입니다.

글을 쓰는 목적은 전달력에 있음을 앞서 언급했습니다. 독자에게 정보를 제공하기 위함입니다. 좋은 글을 쓰기 위해서는 상황을 고려하는 안목도 중요한 부분입니다. 글을 쓰는 목적에 맞게 글의 주제를 정하고, 그 글을 읽게 될 예상 독자까지 미리 파악할 수 있다면 참으로 좋은 일이겠지요. 이는 글쓰기 초보 시절이 지나고 나면, 자연스레 터득될 일이니 지나친 걱정은 금물입니다.

상황과 목적, 독자를 고려하는 글쓰기 중, 정보만을 전달하기 위해서는 설명문과 안내문, 실험 보고서 등이 있을 것입니다. 이와 같은 글쓰기는 육안과 뇌안으로도 가능합니다.

또, 다른 사람의 마음을 움직여 공감이나 동의 등을 끌어내기 위해 설득이 필요한 글은, 논설문과 건의문 등이 있을 것입니다. 여기에는 심안心眼을 더해 쓰면 될 것입니다.

그러나 다른 사람이나 집단과 관계를 맺고 이를 유지하기 위한, 사회적 상호작용의 글인 편지나 신문의 독자란과 투고란 등의 글. 또는 글을 쓰는 사람의 감정이나 반응 등을 드러내는 시詩나 에세이(글) 등은 어떤 눈이 필요할까요. 앞서 밝힌 바와 같이 크게 분류하면 문학 글인가 비문학 글이냐에 따라 마음의 눈과 영혼의 눈이 더해져야 할 것입니다. 이와 같은 의미로, 사안四眼은 어떤 갈래의 글을 쓰느냐에 따라 달라진다고 할 수 있겠습니다.

　　이외수 작가는 현상을 보려면, 육안과 뇌안으로 충분하지만, 본성을 보려면 심안과 영안이 필요하다고 하였습니다. 또 '영안을 가진 자는 온 세상에 하찮은 것이 아무것도 없으며 만물이 진실로 가치 있고 아름답다는 사실을 절감한다.'라고도 했습니다. 적극 공감 합니다.

　　에세이(글)를 쓰는 당신이라면 더더욱 이 말을 곰곰이 생각해 보아야 할 것입니다. 마음의 눈과 영혼의 눈으로 만물을 바라볼 때 개안開眼한 것이라고 합니다.

　　우리 모두 비슷한 일상을 살아가고 있습니다. 비슷한 일들을 겪으며 말이죠. 이 책을 보는 당신이라면, 독자가 아닌 작가로 남길 바라는 사람일 것입니다.

작가로 남고 싶다면 나와 다른 이들이 비슷한 일상을 살더라도 세상 모든 것을 개안開眼의 눈으로 보아야 할 것입니다. 그래야 남들과 다른 나만의 좋은 글이 나올 것입니다.

"이 모든 건 당신 안에 있습니다."

창작 노트

쓰고 있는 글이나, 쓰려고 하는 글을,
심안과 영안으로 바라보기

17장

진솔한 글

짝퉁 글 & 명품 글

모조품이나 이미테이션을 속되게 이르는 말 짝퉁. 가짜를 위장해 진짜처럼 보이는 것. 그와 반대로 세계적으로 유명하고 가격이 매우 비싼 상품의 제품을 명품이라고들 합니다. 여기서 말하고자 하는 것은 짝퉁이 별로고 명품이 좋다는 게 아닙니다. 저마다 어디에 가치를 두느냐에 따라 돈을 쓰는 방식이 다를 뿐. 그것 또한 논하고 싶은 생각은 1도 없습니다. 다만, 글에도 짝퉁 글과 명품 글이 있다는 걸 말하고 싶을 뿐입니다.

가식이 넘치고 허영심이 가득한 글. 욕심이 과한 글. 이런 글이 짝퉁 글이라 여겨집니다. 가끔 포털사이트에 들어가 보면,

수많은 낚시글로 본문과 전혀 관계없는 글들을 보곤 합니다. 이런 가식적인 글들에 날이 선 사람은 비판을 위한 글을 올리기도 합니다. 이런 걸 볼 때면 두 부류의 사람들 모두가 안타깝다는 생각이 듭니다. ~~인 척하며 글을 쓰는 사람이나 이를 비아냥거리는 측이나 모두 마찬가지 부류들이 아닐까요.

겉치레에 지나치게 신경 쓰는 글 또한 허영으로 가득한 것입니다. 글쓰는 사람이 빠지기 쉬운 것이 특히 지적인 허영심입니다. 이런 마음에 빠지게 되면 글을 아무리 공들여 쓴다 해도 누구에게 보고하는 형식이 되거나 논문에서나 읽을 수 있는 문장들이 난무할 것입니다. 이러한 글은, 쓰는 이의 빈곤함을 그대로 드러낼 뿐입니다. 허영 뒤에 숨어서 말이죠.

욕심이 가득한 글도 짝퉁 글에 속합니다. '욕심'이란 단어를 마주하니 오래전 일이 생각납니다. 지금은 대학생인 저의 딸아이가 7세 때 그림대회에 나갔던 일이요. 한국 민속촌에서 열렸던 것이 기억납니다. 현장의 스탭들이 그림 주제를 주고는 아이들과 부모들은 그림 그리기 좋은 장소로 각기 흩어졌습니다. 아이를 데리고 본인이 그리고 싶은 풍경을 찾아 그 앞에 앉았습니다. 저는 아이가 그리고 싶다는 그네 앞에 앉아 그림 그릴 준비만 해주고 지켜보았습니다. 그런데 딸아이는 실제 풍경과 다른 그림을 그리고 나서는, 도화지를 들고 쪼르르 달려가 스텝에게 냅다 제출하는 것이었습니다. '아…. 망했다. 쟤는 누굴 닮아 저리도 성미가 급할까…. 좀 더 다듬고 매만져서 낼 것이지.' 순간 저의 머리를 스쳤던 생각이 지금도 생생합니다.

'이왕 망한 거. 구경이나 하자.' 그런 마음으로 아이를 데리고 이곳저곳 돌아다녔습니다. 곳곳에서 그림을 그리는 다른 아이들을 보며 저는 아이에게 핀잔을 주었습니다. "저거 봐. 다른 친구들은 엄마, 아빠가 조금씩 도와주고 있잖아." 이런 말을 하면서도 저는 못내 아쉬운 마음이 들었습니다.

얼마 후. 저희 아이가 꽤 큰 상과 함께 장학금을 받는다는 연락이 왔습니다. '그럴 리가 없는데…'라는 생각과 함께 재차 확인해도 저희 아이가 맞았습니다. 그 후 시상식 날 심사평에서 그 이유를 알았습니다. '어른의 손길이 닿지 않은 그림'만이 수상을 했다는 것을요. 지금 와 생각해 보면 아이만도 못한 엄마였습니다. 심사평을 들으며 부끄러웠으니까요.

글도 마찬가집니다. 욕심을 버려야만 합니다. 온갖 미사여구로 치장된 글은 알맹이를 가리게 합니다. 눈을 멀게 합니다.

거짓과 허영심, 욕심이 만연한 글. 이런 것을 저는 짝퉁 글이라 말합니다.

글은 눈이 아닌, 마음으로 읽는 것입니다. 내용이 변변치 않으면서 기교만 부린다면 독자의 마음을 움직이지 못합니다. 알맹이가 없다면 그 글에 진실이 없는 것입니다. 좋은 글이란 진솔함이 담긴 것. 그것이 '명품 글'입니다.

18장

문체 I

나만의 문체를 갖는다는 것

　문체라고 하는 것은 '결'을 말합니다. '결'이란 단어를 국어사전에서 찾아보면 '나무, 돌, 살갗 따위의 조직의 굳고 무른 부분이 모여 일정하게 켜를 지으면서 짜인 바탕의 상태나 무늬'라고 되어있습니다.

　사람들 개개인이 쓰는 말에도 결이 있습니다. 언어심리학에서도 문체는 개인의 개성과 관련을 맺는다고 하였습니다. 작가의 개성, 인성 또는 기질과 결부시키는 이유도 글쓰는 이의 됨됨이와 무관하지 않습니다. 에세이(글)를 쓰는 당신이라면 문체에 관심을 가져야 하는 이유일 것입니다. 이런 이유로 여러 문체의 차이점을 아는 것은, 당신에게 맞는 문체를 발전하는 것에 도움이 될 것입니다.

먼저 문체는 길이가 길고 짧음에 따라 간결체와 만연체로 구분합니다. 묘사나 표현 방법에 따라 글이 강해지는지, 부드러운가를 힘으로 구분하는 강건체와 우유체. 문장을 표현함에 미사여구가 많은가 적은가에 따라 화려체와 건조체로.

아래는 간결체 예시입니다.

청춘! 이는 듣기만 하여도 가슴이 설레는 말이다. 청춘! 너의 두 손을 대고 물방아같은 심장의 고동을 들어보라. 청춘의 피는 끓는다. 끓는 피에 뛰노는 심장은 거선의 기관과 힘이 있다. 이것이다. 인류의 역사를 꾸며 내려온 동력은 꼭 이것이다.

민태원 「청춘예찬」 中

문장 하나하나가 짧습니다. 읽을 때 호흡이 빠른 느낌이 듭니다. 문장이 간결해 의미가 선명히 다가오는 장점이 있습니다.

만연체는 간결체와 반대인 셈이지요. 아래는 만연체의 예시입니다.

> "너부터 종아리를 걷고 서라."는 아버지가 형에게 하신 말씀이다. 평소의 그 인자하신 얼굴을 그날 저녁엔 찾아볼 수 없었고, 아버지 손에는 기다란 회초리가 하나 쥐어져 있었다.
>
> 나는 무릎을 꿇고 형 앞에 앉아 떨고 있었고, 형도 떨면서 앉아 있다가 아버지의 말씀에 따라 바짓가랑이를 걷고 종아리를 드러낸 채 아버지 앞에 돌아섰다. 아버지께선 들고 계셨던 회초리로 형의 종아리를 그다지 심하지 않을 정도로 '딱'하고 한 대 때렸다.
>
> 박규환 「끝없는 기다림」 中

문장의 호흡이 깁니다. 하지만 무의미한 말을 길게 잇지 않고 꼭 필요한 말로 글을 이어가고 있습니다. 군더더기나 필요 없는 수식 또한 보이지 않습니다. 만연체라고 해서 중복되는 표현을 넣을 수 있다는 것은 아니라는 것입니다.

다음은 우유체와 강건체입니다. 문장을 부드럽고 우아하며 순하게 표현하는 문체가 우유체. 여성적이라고들 합니다. 이와 반대인 문체가 강건체인데요. 강건체는 씩씩하고 힘이 느껴지는 것입니다. 호소력과 대담함을 느낄 수 있습니다.

청춘은 인생의 황금 시대다. 우리는 이 황금시대의 가치를 충분히 발휘하기 위하여, 이 황금시대를 영원히 붙잡아 두기 위하여 힘차게 노래하며 힘차게 약동하자!

앞서 소개한 민태원의 〈청춘예찬〉에서는 간결체와 더불어 매우 역동적인 힘이 느껴지는 강건체도 엿볼 수 있습니다.

우리가 수목에서 받는 이 형언할 수 없는 그윽한 기쁨과 즐거움과 위안과, 그리고 마음의 안정은 어디서 연유하여 오는 것일까? 그것은 흡사 기독교를 신봉하는 이들이 신에게서 받는 그것과도 같다. 수목은, 아니 자연은 동양인에게 있어, 성격이 다른 신의 이름일지도 모른다.

김동리 「수목송」 中

작가의 생각을 강하게 전달하지 않고 온화하면서도 겸손함이 묻어있습니다. 우유체입니다.

끝으로 화려체는 비유와 수식이 많고 리듬감이 있는 문체입니다. 이와 대조되는 문체가 건조체입니다. 미사여구가 없고 군더더기가 없으니 내용전달 측면에서 분명해서 좋습니다. 사실만 충실하게 전달하기에 그렇습니다. 전문지식을 전달하거나 논문, 중수필에 자주 쓰이는 문체입니다.

그럼 〈나만의 문체를 갖는다는 것〉은 무엇일까요?
다음 장에서 좀 더 알아봅니다.

19장

문체 II

나만의 문체를 갖는 게
왜 중요할까?

길거리 모퉁이에 앉아 행인들을 관찰해본 적이 있나요? 해보지 않았다면 권하고 싶습니다. 나와는 다른 이들을 관찰하는 일은 참으로 흥미진진한 경험입니다. 운이 좋으면 말까지 걸어 그 사람의 말투도 들을 수 있으니까요.

지구상 그 많은 인구 중에 나와 똑같은 사람은 없습니다. 모두가 제각각의 얼굴, 몸짓, 말투, 등. 인간 개개인의 다름, 즉 고유성이 있기 마련입니다.

문학 글 중, 작가의 개성이 가장 두드러진 장르가 에세이(글)입니다. 에세이를 두고 고백문학, 자조문학 등으로 불리는 이유

역시 문체로 작가의 진솔함이 드러나기 때문입니다. 바꾸어 말하면 나만의 문체를 누군가 흉내를 낸다 해도 알 수 있습니다. 그런 연유로 에세이(글)는 곧 그 사람인 것입니다.

이러하니 나만의 문체를 갖는다는 게 중요하다고 하는 것입니다. 초심자라면 일정 수준의 문장 실력을 쌓기 위해 꾸준히 정진해 나가야 할 것입니다. 그러다 보면 자연스럽게 자신만의 개성이 담긴 문장을 지니게 될 것입니다.

그럼, 나만의 문체를 갖고 싶다면 어떻게 해야 할까요?
문체를 결정짓는 요인은 내용과 기능적인 측면으로 생각해 볼 수 있습니다. 먼저 기능적인 측면으로는, 문장의 길이, 수사법 사용 빈도, 문장 배열, 긴 문장과 단문의 혼합 비율, 서술어의 위치, 그리고 글 톤, 등등입니다. '기능적인' 측면의 것은, 퇴고하는 과정에 대부분 해결됩니다. 그래서 많은 이들이 '초고는 빨리. 퇴고는 천천히 오래도록.'이라고 말하는 것입니다. 나만의 문체가 형성되는 많은 역할을 하기 때문입니다.

내용 면에서는 '진솔함'일 것입니다. 이는 앞서 누누이 언급한 것입니다. 글에다 거짓을 써 놓으면 답이 없다고요. 이는 나만의 문체를 완성해 나가는 것에도 중요한 요소입니다.

　나만의 문체를 갖는다는 건, 많이 읽고! 많이 쓰고! 많이 고
치기! 입니다. 이 세 가지를 생각하며 나만의 문체를 찾아 나가
기를 바랍니다.

20장

문장

긴 문장의 늪에 빠질 때

고백합니다. 저 역시 꽤 주의를 기울여도, 두 눈을 크게 뜨고 살펴도 비문에서 완벽하게 벗어나지 못한다는 것을요.

우리 말의 경우, 다른 나라와 다르게 조사, 어미, 높임말, 호칭, 지칭 등이 매우 까다롭습니다. 이 부분의 부주의한 사용은 단순히 글 쓰는 이의 개인의 문제만은 아니라고 생각됩니다. 우리 말을 사용하는 모두의 문제이기도 합니다. 하지만 글을 쓰는 사람이라면 우리말의 까다롭고 어려운 부분이 무엇인지를 늘 익혀야 할 것입니다.

글쓰기 워크숍에서 멘티님들의 글을 읽고 피드백이 필요할 때, 긴 문장을 많이 접하게 됩니다. 전문을 읽었음에도, 도대체 무슨 뜻일까? 의미해석이 되지 않아 아리송하고 답답하면, 저의 경우는 핵심 단어들에 동그라미를 칩니다. 물론 퇴고하는 과정에서겠지만요. 아래처럼 말입니다.

주어(나는) + 서술어(달린다)
주어(나는) + 목적어(운동장을) + 서술어(달린다)
주어(나는) + 보어(빠르게) + 서술어(달린다)

이렇게 뼈대를 추리는 이유는 간단합니다. 이것이 우리말의 기본문장이기에 그렇습니다. 아무리 긴 문장도 위 세 가지를 활용해 만드는 것입니다.

전달력이 글의 목적인 만큼 핵심을 파악해, 의미의 선명함이 필요하기에 그렇습니다.

읽고 또 읽어도 부자연스러운 문장은 진술하지 못한 경우가 대부분입니다. 글을 쓰며 꾸밈을 많이 해 본질이 흐려졌다는 증거이기도 합니다.

이럴 때 기억 하기 바랍니다.

1. 쉽게 쓴다.

2. 말하듯이 쓴다.

3. 단문으로 바꾸어 본다.

4. 적확한 단어인지 확인한다.

긴 문장의 늪에 빠질 때. 한 문단의 중심 내용이 정확히 파악 되지 않을 때, 문장을 치덕치덕 꾸민 단어들을 걷어내 보면 알 게 될 것입니다. 핵심이 무엇인지를요.

21장

맞춤법

글쓰기에서 통사론 접근

　문장을 기본으로 구조나 기능 문장의 구성요소 등을 연구하는 것이 통사론입니다. 이러한 요소들을 잘 이해하려면 단어, 하나하나가 우선입니다. 그러려면 우리말 체계를 먼저 이해하고 넘어가는 것이 도움이 될 것입니다.

　우리말을 어종에 따라 분류하면, 고유어, 한자어, 외래어로 나눌 수 있습니다. 고유어는 원래 우리가 써오던 순우리말. 한자어는 한자에 기초하여 만들어진 말. 외래어는 다른 나라 말에서 들어와 우리말처럼 쓰는 말입니다.

순우리말과 한자어, 외래어를 구별하는 방법은 아주 간단합니다. 어떤 단어를 국어사전에서 찾아보면, 고유어 옆에는 아무런 표시가 없습니다. 한자어는 찾은 단어 옆에 한자로, 외래어는 외래어로, 그 유래가 아래 예시에서처럼 표시되어 있습니다.

예시〉

〔제자리〕 − − − − − − − − −고유어(유래 표시 없음)
명사

〔운동〕運動 − − − − − − −한자어
명사

〔헬스〕health − − − − − − − −외래어
명사

에세이(글) 쓰기 워크숍에서 멘티님들이 많은 실수를 하는 것이, 한 〈문장〉 안에서 맞춤법띄어쓰기 부분이었습니다. 글쓰기 초보인 분들이 범하기 쉬운 실수라서 아래 〈한글맞춤법의 띄어쓰기 규정〉을 첨부해 봅니다.

제41항 조사는 그 앞말에 붙여 쓴다.

예) 꽃이. 꽃처럼. 꽃보다. 꽃도.

제42항 의존명사는 띄어 쓴다.

예) 아는 것이 힘이다. 먹을 만큼 먹어라.

제43항 단위를 나타내는 명사는 띄어 쓴다.

예) 한 개. 집 한 채. 소 한 마리.

단, 순서를 나타내는 경우나 숫자와 어울리어 쓰이는 경우에는 붙여 쓸 수 있다.

예) 1999년 9월 19일, 두시 삼십분 삼초, 제일과, 6미터.

제44항 수를 적을 때는 만(萬) 단위로 띄어 쓴다.

예) 십이억 삼천사백오십육만 칠천팔백구십팔.

12억 3456만 7898

제45항 두 말을 이어주거나 열거할 적에 쓰이는 말들은 띄어 쓴다.

예) 대표 겸 실장, 열 내지 스물, 청군 대 백군,

이사장 및 이사들, 감자·호박·고구마 등등.

제46항   단음절로 된 단어가 연이어 나타날 적에는 붙여 쓸 수 있다.

    예) 그때 그곳. 좀더 큰 것, 이말 저말, 한잎 두잎.

제47항   보조 용언은 띄어 씀을 원칙으로 하되, 경우에 따라 붙여씀도 허용한다.

    예) 불이 꺼져 간다. 불이 꺼져간다.

       내 힘으로 막아 낸다. 내 힘으로 막아낸다.

       어머니를 도와 드린다. 어머니를 도와드린다.

       그릇을 깨뜨려 버렸다. 그릇을 깨뜨려버렸다.

       그 일은 할 만하다. 그 일은 할만하다.

       일이 될 법하다. 일이 될법하다.

제48항   성과 이름, 성과 호 등은 붙여쓰고, 이에 덧붙는 호칭어나 관직명 등은 띄어 쓴다.

    예) 홍길동 씨, 홍 씨, 홍길동 박사

    다만, 성과 이름, 성과 호를 분명히 구분할

필요가 있을 경우에는 띄어 쓸 수 있다.

예) 독고 준/독고준, 남궁억/남궁 억, 황보지봉

皇甫芝峰/황보 지봉

제49항　성명 이외에 고유명사는 단어별로 띄어 씀을
원칙으로 하되, 단위별로 띄어 쓸 수 있다.

예) 한국 대학교 사범대학/한국대학교사범대학

제50항　전문용어는 단어별로 띄어 씀을 원칙으로
하되, 붙여쓸 수 있다.

예) 만성 골수성 백혈병/만성골수성백혈병

이렇게 정리하니 그다지 어렵지 않다는 생각이 들 것입니다.
당연합니다. 모두 학창 시절에 배운 내용이라 그렇습니다. 잊
어버렸을 뿐이니 복습한다고 생각하고 숙지하면 그만입니다.

다음은 자주 틀리는 띄어쓰기를 살펴봅니다. '커녕''한''지''만'
'어(아)하다'가 그것입니다. 차례대로 봅니다.

□ '커녕'

무조건 앞말과 붙여 써야 한다.

예) 우정은 커녕(틀림) 우정은커녕(맞음)

'커녕' 앞에 '은'이나 '는'이 오면 습관처럼 띄어 쓰는 경향이 있습니다. 하지만 '은커녕' '는커녕'은 하나의 말(조사)입니다. 그러니 무조건 붙여 쓰면 되는 것입니다.

□ '한'

1) 수량의 의미인 '하나' 일 때는 '한'은 뒷말과 관계 없이 띄어쓰기.

2) '하나'의 의미를 잃어버렸을 때, '한'은 뒷말과 붙여 쓴다.

예) 노래 한번 해보세요. 나도 한마디 합시다. 두말하지 않겠다.

□ '지'

1) 할지 말지, 먹을지 쓸지 등처럼 '−지' 앞에 'ㄹ'이 있으면 어미에 속하므로 붙여 쓴다.

2) 'ㄴ지' 시간의 경과를 나타낼 때, 띄어 쓰고, 그렇

지 않을 경우, 붙여 쓴다.

예) 건물을 산 지 10년 됐다. (시간 경과)

물을 왜 <u>샀는지</u> 모르겠다. (시간 경과가 아닌 경우 붙여 씀)

□ '만'

시간 경과를 나타내는 '만'은 띄어 쓰고, 그렇지 않은 '만'은 붙여 쓴다.

예) <u>2년 만에</u> 고향을 찾았다.

예) <u>오늘만</u> 날이냐.

□ '어(아)하다'

형용사 어간 뒤에 '어(아)하다'가 붙으면 무조건 붙여 쓴다.

예) '좋아하다' '싫어하다' '고마워하다' '놀라워하다' 등등.

끝으로 헷갈리기 쉬운 〈이/히〉입니다.

〈한글맞춤법 제51항〉에 따르면, 〈부사의 끝음절이 분명히 '이'로만 나는 것은 '-이'로 적고 '히'로 나는 것은 '-히'로 적는다〉고 되어있습니다. 이 말이 어려우면 '이'로 끝나는 단어는 아래처럼 쉽게 이해해 봅니다.

겹쳐 쓰인 명사 뒤에는 〈이〉라고 씁니다.

샅샅이
곰곰이
집집이
겹겹이
곳곳이
번번이
줄줄이
짬짬이
일일이

예외인 조항이 있습니다. 이럴 때는 '~~하다'를 붙여도 되는 말에는 '히'를 붙입니다.

예〉 꼼꼼하다 → 꼼꼼히(○)

이보다 더 세부적인 조항과 예외인 조항들이 있으니 헷갈릴

때는 꼭 사전을 찾아보는 것이 바람직합니다.

다음은 '히'로 끝나는 단어입니다.

사뿐히

가득히

나란히

묵묵히

자연히

꼼꼼히

솔직히

가만히

분명히

상당히

조용히

조심히

신중히

꾸준히

고요히

이 외에도 많습니다만, 우리가 자주 쓰는 단어 위주로 나열해 본 것입니다.

우리말로 글을 쓴다는 것은, 말과 글에 있어서 다른 이들보다 좀 더 예민해야 합니다. 이 책이 초보 안내서 인만큼, 에세이 (글)쓰기 워크숍에서 멘티님들의 사소한 실수를 잡기 위한 것만을 다루었습니다.

맞춤법에 관해서는 지속적인 공부가 필요할 것입니다. 글을 쓰다가 애매한 단어나 문장이 있을 시, 즉시 찾아 이를 바로잡는 것이 최대의 공부입니다. 저 또한 그랬고 지금도 그리하고 있습니다.

꾸준히 노력하는 당신을 위해 마음을 담아 격려를 보냅니다. 토닥토닥.

22장

퇴고

톱다운 방식 & 보텀업 방식

①주제가 선명하다.

②쉽다.

③문장이 간결하고 짧다.

④재미있다.

⑤감동과 여운이 있다.

⑥솔직함이 있다.

⑦표현이 참신하다.

⑧자기 과시가 없다.

⑨문장력이 있다.

⑩서정성이 있다.

⑪교훈이 있다.

위는 좋은 에세이(글)의 요건입니다. 모두 중요하지만, 그중 ⑩번 서정성은 자신만이 느끼는 감정과 개개인의 정서이기에, 에세이(글)의 본질입니다.

'정서'라는 것은, 〈경험/회고/심경/추억/고백/감정〉 등등이 함축된 말입니다. 좋은 에세이(글) 요건을 알아야, 어디서부터 어떻게, 무엇을 고칠지 도움이 되기에 첨부해 둔 것입니다.

다 쓴 글은 잠시 묵혀둡니다. 저의 경우는 초고가 객관적으로 보이는 시간이 대략 2주 정도 걸립니다. 개인에 따라 나에게 맞는 〈묵혀두는 시간〉이 다르니, 나만의 방법을 찾아가면 됩니다.

일반적으로 알려진 퇴고 방법은 두 가지입니다. 톱다운방식과 보텀업 방식. 보텀업 방식은 각각의 요소에서 전체로 뻗어나가며 수정하는 방식이고, 톱다운방식은 반대입니다.

어느 쪽의 방법이 옳은 건 없습니다. 다만 자신에게 맞는 방법으로 퇴고를 거치면 그뿐. 저의 지인 작가님들은 대체로 톱다운방식을 사용합니다. 저 역시 그렇습니다.

톱다운방식의 순서는 아래와 같습니다.

1. 전체 문맥을 살핀다.

2. 문단

3. 문장 중심

4. 단어 중심

자신이 쓴 글을 소리 내서 읽어봅니다. 구성이나 글이 주장하는 것이 명확한지 살핀 후, 그 주장을 뒷받침하는 이유(=근거)가 합리적인지. 다음은 단락과 단락 사이, 잇는 문장이나 연결이 자연스러운지. 그다음은 어색한 문장 있는지를, 단어와 표현은 맨 마지막에. 이렇게 큰 부분에서 작은 단위로 들어가며 글을 살피고 수정하는 것입니다. 대부분의 퇴고는 위와 같은 방식으로 수정을 거칩니다.

그럼 에세이(글)의 퇴고는 어떻게 해야 할까요. 초고는 빠르게 쓴다고 했습니다. 하지만 퇴고는 공들여 고쳐야 부끄럽지 않은 글이 됩니다. 세세히 살펴보면 아래와 같습니다.

1. 전체를 살핀다

문맥과 흐름이 자연스러운가, 각 글덩어리(=문단)들의 길이가 지나치게 길거나, 짧은가. 지

나치게 길면 잘라보고, 지나치게 짧으면 합
쳐서, 의미의 전달력을 살핀다.

2. 주제

주제와 다르거나, 삼천포로 빠진 얘기는 냉
정하게 삭제한다. 중복되는 표현이 있는지
도 살핀다.

3. 문단

글덩어리(=문단) 전체가 주제 문장과 호응하
는가, 문단과 문단을 잇는 게 자연스러운가.

4. 문장

단어, 구, 등의 어색한 것은 삭제하거나, 다
른 것으로 바꿔본다.

5. 단어

서정 에세이(글)→한자말 대신 우리말로 바
꾼다.
서사 에세이(글)→물리적 시간순서가 잘 배

치되었나, 맞나를 확인한다.

6. 맞춤법
21장 참고.

　퇴고의 범주는 광대합니다. 전체구성에서부터 문단 구성, 문맥, 내용, 표현, 띄어쓰기, 맞춤법, 오탈자 등의 문법적인 문제까지. 효율적인 퇴고를 위해서는 한두 가지에만 집중해 수정을 거치는 게 좋을 것입니다.

　글쓰기 고수는 빨리 쓰고 오래 고칩니다. 하지만 글쓰기 초심자는 긴 시간을 초고를 쓰는데 투자하고 고치는 시간을 짧게 합니다.
　혹자는 버리려고 쓴다는 것이 '초고'라고 했습니다. 주제와 다른 문단은 아깝다 생각 말고 과감히 날립니다. 고치고 또 고치는데 공들여야 좋은 글이 나온다는 믿음! 그것을 갖기를 바랍니다.

　에세이(글)에서 접속사를 지양하는 것이 좋다는 말이 있습니다. 하지만 적재적소에 접속사는 필요한 것입니다.

워크숍에서 에세이(글) 피드백을 하며 접속사의 오류를 많이 봐온 터라, 많이 쓰는 접속사의 종류를 아래에 넣어 둡니다.

*그리고/그리하여/이리하여 ⇒ 앞의 내용을 이어받아 연결(순접)
*그러나/하지만/그래도 ⇒ 앞의 내용과 상반되는 내용을 잇는다(역접)
*그래서/따라서/그러므로 ⇒ 앞뒤 문장을 원인과 결과로 연결
*그런데/그러면/한편 ⇒ 뒤의 내용이 앞의 내용과 다른 새로운 생각이나
                     사실을 서술해 화제를 바꿀 때
*예컨대/예를 들면 ⇒ 앞의 내용을 구체적인 예를 들어 설명할 때
*및 ⇒ 그밖에/또/그리고
*게다가(=그러한데다가) ⇒ 앞의 문장이 ~~한데, 거기에다 더한 일이~~

퇴고를 잘할수록 글은 좋아집니다. 글의 스킬이 늘고, 나만의 문체가 생기고, 우리말 구조를 이해하게 되고, 글 전체와 부분을 볼 줄 아는 안목이 생기는 등등…. 이렇게 나열한 것보다 더 많은 장점이 있습니다.

이때가 진짜 글쓰기랍니다.

아래 말을 당신께 보내며 22장을 맺습니다.

"뜨겁게 쓰고 차갑게 고치자!"

부록

출판사 문 두드리기

내가 쓴 글을 책으로 만나기 위해서는 세 가지 방법이 있습니다. 독립출판과 출판사 투고 이메일 이용, e북 출간입니다. 첫 번째는 내가 쓴 글을 자신이 만들어 판매까지 하는 것, 두 번째는 내 글과 결이 맞는 출판사를 찾아 투고하는 것, 세 번째는 e북 출간입니다.

독립출판은 자비출판과 같은 의미라고 보면 됩니다. 이는 '검증' 문제가 있어 되도록 지향하기를 조언합니다. 공공도서관이나 소형 서점에서 책 쓰고 만드는 다양한 강좌를 들어보는 것도 도움이 됩니다.

다음은 출판사에 투고 이메일 보내는 방법입니다. 먼저 온·오프 서점을 뒤져 나의 글과 결이 맞는 출판사를 찾아 문을 두드려 봅니다. 이때는 출간기획서가 있어야 합니다. 출간기획서에는 저자의 프로필과 기획의도, 여타 책들과 내 책의 차별화는 무엇인가, 홍보 방안, 목차 등이 기본입니다. 대부분 샘플 원고까지 보내기도 하지만, 출판사 담당자가 기획서를 보고 원하면 그때 보내도 무방합니다.

e북 출판 역시도 위에 언급한 게 필요합니다. e북 출간은 실물 도서 출판과 다르게 비교적 출간 시기가 빠른 게 장점입니다. 자신의 원고 집필이 끝난 상황을 전제에 둔다면 말입니다. 웬만한 e북 전문 출판사들은 국내 대형서점에 책 홍보까지 맡아 진행해 줍니다.

'버려져 있는 종이 한 장에도 그것이 무엇을 쌌던 종이인지 금방 알 수

있다. 향내가 나면 향을 쌌던 종이임을 알 수 있으며 새끼줄에도 비린

내가 나면 생선을 엮어 놓았던 것을 알 수 있다.'

법정 스님 「인연 이야기」中

'나는 지금 어디서 있는가' '우리가 지닌 모든 것이 유한한 것

임을' 그 가운데 어떤 인연과 함께 있느냐에 따라 '나의 인품이

달라지는 것임을' 위 글귀를 통해 생각해 봅니다.

책이나 글 마무리할 때면 늘 생각나는 한 분이 계십니다. 초당 신봉승 교수님입니다. 스승님께 배우던 시절을 돌아보면 글에 대한 기교나 지식을 가르치신 분이 아니셨습니다. 글을 잘 쓰는 작가 이전에, '사람됨'을 '작가의 인품'을 중요하게 생각하셨습니다. 겸손을 배울 수 있는 소중하고 값진, '향기를 남긴 인연'이었습니다.

'나 자신은 무엇을 썼던 것으로 남을까……' 그것은 지금 내가 어떤 생각을 하고, 어떤 행동을 하고, 어떤 태도로 인연을 맺으며, 살아가는지에 대답이 있는 게 아닐까 싶습니다.

'에세이(글)'에서는 작가의 인품이 고스란히 체취로 그 향기를 남깁니다. 그러므로 나와 독자와의 인연에서 '나의 글이 무엇을 썼던 것'으로 남을지 늘 생각해 볼 필요가 있겠습니다.

종종 사람들과의 관계로 마음이 어지러울 때면 제가 보는 게 있습니다. 이외수 작가님의 글귀입니다.

'그대가 노는 물에 따라서 그대의 글도 달라진다. 그대가 좋은 글을 쓰고 싶다면 날마다 개떡 같은 생각이나 하면서 개떡 같은 언행을 일삼는 사람들을 가까이하지 말라. 그러면 그대의 글도 개떡 같아질 것이다.

글을 쓰는 자에게는 글을 방해하는 인연이 악연이고 글에 도움을 주는 인연이 호연이다. 그대가 어떤 인연을 만나든 상관하지 않고 향내가 나는 글을 쓸 수만 있다면 적어도 그대는 악연이 없다. 하지만 그러한 경지를 획득하지 않았다면 가급적이면 좋은 물을 찾아다니는 습관을 기르도록 하라.'

끝으로 이 책이 나오기까지 애정을 갖고 지켜봐 주신 모모북스 박종천 대표님께 감사드립니다. 또 저의 출간에 기대를 품고 기다려주신 손문숙 작가님, 이 책을 쓰게 된 동기부여를 주신, '산다는 건, 이런 게 아니겠니!'의 저자 곽미혜, 권영남, 김승태, 배신일, 심인옥, 유인자, 윤한진, 임해순, 최은성, 한신일 멘티님들께 마음을 담아 감사 인사를 전합니다.

에세이 작가가 될 당신을 응원하며….
문운을 빕니다.

윤오영, 수필문학 입문. 관동출판사 1975

김태길, 수필문학 이론. 춘추사 1991

성기조, 수필이란 무엇인가. 학문사 1994

박양근, 좋은 수필 창작론. 2004

피천득, 수필 서울. 범우사. 1989

강석호, 새로운 수필문학 창작기법. 교음사

도창회, 수필 문학론. 한누리 1994

김희보, 문장 바로쓰기. 서울 종로서적. 1990

신봉승, TV드라마 시나리오 창작의 길라잡이. 도서출판 훑. 2001

강원국, 강원국의 글쓰기. 메디치 미디어. 2018

이외수, 글쓰기의 공중부양. 해냄. 2006

스티븐 킹, 유혹하는 글쓰기. 김영사. 2017

로널드B 토비아스, 인간의 마음을 사로잡는 스무 가지 플롯. 풀빛
    2007

로버트 맥기, 시나리오 어떻게 쓸 것인가. 민음인 2002

샌드라 거스, 묘사의 힘. 윌북. 2021

제임스 스콧 벨, 플롯과 구조. 2010

제임스 스콧 벨, 고쳐쓰기. 2012

D하워드, E마블, 시나리오 가이드. 1999

론 로젤, 묘사와 배경. 도서출판 다른. 2011

마루야마 무쿠, 스토리 텔링 7단계. 북새통·토트출판사. 2020

엄민용, 건방진 우리말 달인. 다산북스

새로운 한글맞춤법 띄어쓰기. 북피아 편집부. 2005

중학교 1학년 국어. 창비. 2020

중학교 2학년 국어. 창비. 2023

중학교 3학년 국어. 창비. 2023

새국어사전. 두산동아